때로는
개가
사람보다
낫다

때로는 개가 사람보다 낫다
— 개를 사랑한 조선 사람들

이종묵 엮음

2024년 10월 28일 초판 1쇄 발행

펴낸이 한철희 | 펴낸곳 돌베개 | 등록 1979년 8월 25일 제406-2003-000018호
주소 (10881) 경기도 파주시 회동길 77-20 (문발동)
전화 (031) 955-5020 | 팩스 (031) 955-5050
홈페이지 www.dolbegae.co.kr | 전자우편 book@dolbegae.co.kr
블로그 blog.naver.com/imdol79 | 트위터 @Dolbegae79 | 페이스북 /dolbegae

편집 이경아
표지디자인 김민해 | 본문디자인 이은정·이연경
마케팅 심찬식·고운성·김영수 | 제작·관리 윤국중·이수민·한누리
인쇄·제본 한영문화사

ISBN 979-11-92836-94-2 (03810)

때로는
개가
사람보다
낫다

개를 사랑한 조선 사람들

이중구 외음

돌베
개

머리말

조선 시대에 가장 널리 읽힌 소설 『숙향전』에 청삽사리가
등장한다. 청삽사리는 숙향이 사랑하는 이선에게 편지를 전
하고 답장을 받아 오는 전령 역할을 하고, 도적이 오는 것을
숙향에게 미리 알려 피신하게 했으며, 죽을 때 자신이 묻힐
장소까지 알리고 그곳에 묻혔다. 청삽사리는 숙향과 고난을
함께한 신비로운 개다.

한국 근대 소설의 효시로 평가받는 이광수의 『무정』에도
여주인공 영채를 지키는 개가 등장한다. 고아에 가까운 처
지가 되어 외가에 의탁한 영채가 심한 구박을 받고 결국 가
출하게 되는데, 이때 개가 영채를 따랐다. 영채가 악한에게
붙잡혀 욕을 당하게 되었을 때 이 개가 영채를 위해 악한과
처절하게 싸우다 죽었다. 위기에 처한 영채를 지켜 준 신비

로운 개다.

주인을 위하는 개의 정성이 이렇게 갸륵했다. 지금은 세상이 달라져서, 개를 위하는 사람의 정성이 더욱 갸륵하다. 그런데 나는 개를 그다지 좋아하지 않는다. 개를 좋아하지 않으면 사람 취급을 못 받는 시대가 곧 도래할 것 같아 걱정이다.

혼인해서 살다 보니 부부가 무엇인지 궁금해 조선 시대 부부와 관련한 글을 모아 『부부』라는 책을 냈고, 나이가 들다 보니 꽃나무가 좋아져 꽃나무에 대한 우리나라의 고전 『양화소록』을 풀이하는 책을 펴냈다. 물론 남들보다 특별히 모범이 될 만한 부부 생활을 하는 것도 아니고, 더욱이 꽃나무 키우는 일은 제대로 성공해 본 적이 없다. 세상 사람이 개를 좋아하니, 내가 개를 좋아하지 않지만 개에 대한 옛글을 찾아 왜 사람들이 개를 좋아하는지 이해하고 싶었다. 그래서 개에 대한 옛글을 모아 보았다. 실천력이 부족한 학자가 하는 일이 늘 이런 식이다.

소설 『무정』에서 영채가 고생한 이야기를 듣던 노파는 "개가 도리어 사람보다 낫지" 하며 눈물을 지었다. 그리고 가람 이병기 선생이 술 한잔 드시고 쓴 듯한 글씨가 있다. "때로는 개도 사람보다 낫다." 충격적인 말이다. 개가 사람보다 낫다니. 이 말의 출처는 분명하지 않지만 공자가 "저 새도 머물 곳에서 머물 줄을 아는데, 사람으로서 새만도 못해서야 되겠는가!"라고 한 말이 『대학』大學에 보이는데, 여기서 새를 개로 바꾼 듯하다.

명나라의 사상가 이지李贄가 쓴 『분서』焚書에 사람이 개만도 못한 것을 개탄했다는 기록이 가장 앞서는 것 같기도 하다. 그리고 이지만큼 개성적인 글을 남긴 조선의 문인 허균許筠도 "사람이 개만도 못하다"고 개탄하였다. 비슷한 시기의 학자 이수광李睟光도 "옛말에 개는 서로 잡아먹지 않는다고 했는데 사람의 도리에 가깝다. 그러나 지난 계사년과 갑오년 사이에 굶주린 백성들이 부자와 부부가 서로 잡아먹는 일을 보았으니 도리어 개만도 못한 자들이 많다"라고 하였다. 임진왜란으로 사람이 개만도 못한 참상이 벌어졌다.

개에 대한 옛글을 찾아보니, 사람보다 나은 개가 정말 많았다. 사람처럼 우애가 있는 개, 다른 새끼를 거두어 키운 개, 어미 개에 대한 효심을 가진 개, 어미 개의 원수를 갚는 개도 있었다. 불심이 있어 죽고 나서 사리가 나온 개도 있었다. 주인의 목숨을 구하고 죽은 개, 억울하게 죽은 주인을 위해 복수한 개, 주인이 죽자 따라 죽은 개도 있었다. 우리 땅에 사람보다 나은 개가 이렇게 많았다.

내가 개를 좋아하지 않지만, 사람보다 나은 개를 위해 한 권의 책은 남길 필요가 있을 듯하다. 물론 사람보다 나은 개를 기록한 문인의 마음은, 사람이 개만 못한 현실과 스스로의 행실을 성찰하게 하는 데에 목적이 있었다. 대개 옛

글이 이런 식이다. 이에 지금의 사람이 개를 사랑만 할 것이 아니라, 사람답지 못한 처신이 없는지 자신을 돌아보았으면 하는 생각도 든다.

아울러 개뿐만 아니라 살아 있는 모든 존재를 사랑하는 세상이 오기를 기원한다. "무릇 혈기가 있는 것은 사람으로부터 소와 말, 돼지, 양, 곤충, 개미에 이르기까지 삶을 원하고 죽음을 싫어하는 마음은 한가지이지요." 고려의 대문호 이규보李奎報의 말이다.

이러한 뜻으로 내게 된 이 책은, 개와 관련한 문학 선집이라 하겠다. 이러한 문학 선집을 기꺼이 세상에 나오게 해주고, 또 마음에 들게 편집하고 꼼꼼히 교정을 봐 준 돌베개 편집진께 감사를 표한다.

2024년 여름, 관악산이 바라다보이는 연구실에서
이종묵

차
례

1장 　　　　　　개란 무엇인가?

나의 개에게

이규보

너는 털에 무늬가 있으니 반호繫瓠의 자손인가? 너는 민첩하고 총명하니 오룡烏龍의 후예인가? 방울 같은 발과 옻칠한 듯한 검은 주둥이, 부드러운 뼈마디와 팽팽한 힘줄을 지녔구나. 주인을 그리는 정성은 사랑스럽고, 문을 지키는 임무는 잊지 않는구나.

나는 이 때문에 네 용맹을 가상히 여기고 네 뜻을 사랑해 집에 두고 키우며 아끼고 먹인다. 너는 비록 천한 짐승이지만 북두성의 정기를 받고 태어나 영특하고 지혜로우니, 어떤 동물이 너만 같겠느냐? 주인이 명령을 내릴 것이니, 너는 귀를 쫑긋하고 들어 보거라.

절제 없이 짖으면 사람이 두려워하지 않게 되고, 사람을 가리지 않고 물면 화禍가 시작된다. 세 골 파인 진현관進

15

賢冠을 높이 쓰고, 두 칸 달린 화려한 수레에 위엄 있게 타고서, 뇌구검欙具劍 같은 보검에 수창옥水蒼玉 같은 아름다운 패옥을 차고, 하인들이 길을 메우며 물렀거라 외치는 가운데, 맑고 고운 옥 소리 울리며 오는 사람이 있거든, 너는 짖지 말라.

조정의 문서를 전하는 일은 잠시도 지체할 수 없고, 임금이 신하를 생각하는 마음은 바로 받드는 법. 급히 주인을 불러 궁궐에 들게 하라고 보낸 내관이 오거든, 비록 밤중이라도 너는 짖지 말라.

향료를 섞어 말린 육포, 소금에 절인 생선, 뜸을 잘 들인 밥, 잘 익은 술을 담은 통과 병, 이런 것을 가지고 스승에게 예를 표하러 오는 사람이 있거든, 너는 짖지 말라. 긴 도포를 입고 누런 책을 끼고서 주인과 이것저것 묻고 따지려고 무리 지어 사람들이 오거든, 너는 짖지 말라.

짖고 물어도 좋을 사람에 대해서도 나의 말을 들어 보라. 허실을 염탐하고 예기치 못한 틈을 타서 담장을 뚫고 집안을 들여다보며 귀금속이나 농기구를 훔치려는 사람이 있거든 너는 속히 짖고 즉시 물어야 옳다.

겉은 번지르르하지만 속은 시기하고 미워하여 남의 시비를 정탐하면서 독하고 사나운 마음을 숨긴 사람이 빠질거리며 얌전하게 선웃음을 지으며 오거든 너는 짖어야 옳다. 늙고 교활한 무당이 눈알을 부라리거나 곁눈질하면서 허황하고 기괴한 짓거리로 유혹하고 현혹하려는 뜻으로 문을 두드리고 보자고 하거든 너는 물어야 옳다.

간교한 귀신이나 요사한 도깨비가 빈틈을 엿보거나 어둠을 틈타 속이려거든 너는 짖고 내쫓아야 옳다. 커다란 살쾡이나 쥐가 담에 구멍을 뚫고 살면서 숨어서 힐끗거리거든 너는 물어 죽여야 옳을 것이다.

보따리에 고기가 있어도 훔쳐 먹지 말고, 솥에 국이 있어도 핥아먹지 말 것이며, 마루에 오르지도 말고, 땅을 파지도 말고, 문에서 벗어나지도 말고, 잠만 좋아하지도 말라. 새끼를 낳거든 오직 날래고 사납게 키워 표범의 팔뚝과 용의 꼬리를 지니게 하고, 그렇게 주인의 손자 대까지 이르도록 하라.

아, 네가 만약 나의 말을 경청하고 잘 따라 준다면, 천년의 세월이 지나 주인이 신선이 될 때 네게 영약靈藥을 먹여 하늘로 데리고 갈 것이라. 누가 그러지 않을 것이라 하겠는가? 경청하고 경청하여 소홀히 여기지 말라.

—— 이규보李奎報,「명반오문」命斑獒文,『동문선』東文選 권56

• 개에게 글을 쓴 사람이 있는가? 한국문학사에서 최고의 문호를 몇 사람 꼽자면 고려의 이규보李奎報(1168~1241)가 그 한 자리를 차지할 것이니, 바로 이러한 참신한 글을 잘 지었기 때문이다. 이규보는 본관이 여주驪州이며, 자는 춘경春卿, 호는 젊은 시절에는 백운거사白雲居士, 노년에는 남헌거사南軒居士라 하였다. 평장사平章事 등 최고위직을 역임했지만, 그보다 문학으로 더욱 이름을 날렸다. 「한림별곡」翰林別曲의 "원순문元淳文 인로시仁老詩 공로사륙公老四六 이정언李正言 진한림陳翰林 쌍운주필雙韻走筆"이라 한 대목에서 이정언이 바로 이규보이니, 고려 당시에 최고의 작가로 평가되었음을 알 수 있다. 이수광李睟光이 "이규보는 유일한 대가의 솜씨이다"라 하였고, 남용익南龍翼이 "이규보의 문장은 우리나라의 으뜸이다"라 하였으니, 조선의 대표적인 비평가에 의해 그가 한국문학사의 최고봉임이 인정되었다. 이런 이규보가 자신이 기르던 개에게 원하는 바를 가지고 「반오에게 명하는 글」(命斑獒文)을 지었다.

• 이규보의 문학은 참신하다. 이 글에 나오는 개는 이름이 반오斑獒다. 반오의 '반'斑은 얼룩 문양이고 '오'獒는 사나운 개다. 자신이 키우던 개가 점박이로 사나웠던 모양이다. 그래서 중국 고대 신화에 나오는 오색 털을 가진 반호槃瓠라는 개의 후손이라 한 것이다. 또 오룡烏龍은 검은 용인데, 중국

에서 개를 용이라 에둘러 부르는 관습이 있었다. 이를 보면 이규보가 키우던 개 반오는 검은 점박이였다. 이 글은 반오에게 내린 명령인데, 개에게 명령을 내린 글은 그 이전에도 그 이후에도 없다. 그래서 더욱 특이하다.

• 이규보가 반오에게 이야기한 짖거나 물지 말아야 할 대상, 혹은 짖고 물어야 할 대상은 당연한 것처럼 보인다. 권력과 부귀를 손에 쥔 손님, 왕명을 전하러 오는 관리, 배우겠다고 찾아오는 학생, 토론하고자 찾아오는 학자, 이런 사람은 당연히 반갑게 맞아야 하고, 강도나 도둑, 사기꾼, 무당, 이런 자들은 내쫓아야 할 것이다. 자신이 먹을 것이 아니면 넘보지 말고 자신의 임무를 성실하게 하라는 당부도 그러하다.

그러나 다시 보면 이러한 말은 개가 아니라 자신에게 한 말일 수도 있다. 반겨야 할 대상에게 허리가 뻣뻣하여 타협하지 못하는 자신에 대한 자조의 뜻도 읽힌다. 내쫓고 깨물어야 할 대상은 그가 증오하는 사람처럼도 읽힌다. 개에게 성실하라, 분수를 지켜라, 임무에 충실하라 명령하는 것은 자신에 대한 다짐일 수도 있다.

비싼 개를 다투어 구해 예쁘게 치장하고 자식처럼 키우는 세상이다. 이제 이규보의 이 글을 보고, 자신이 키우는 개에게 무슨 말을 할 것인지 적어 보면 재미있을 것 같다.

● 이규보는 「이를 잡으면서」(蝨犬說)라는 재미난 글도 지었다. 어떤 사내가 큰 몽둥이로 돌아다니는 개를 쳐 죽이는 것을 본 객이 참혹하게 여기고 앞으로는 개고기나 돼지고기를 먹지 않겠다고 맹세하자, 이규보는 어떤 이가 이(蝨)를 잡아 화로에 태워 죽이는 것을 보고 다시는 이를 잡지 않겠다고 맹세하였다. 이에 객이 멋쩍어하며 자신을 놀린다고 공박하자, 이규보는 이렇게 말했다.

무릇 혈기가 있는 것은, 사람에서부터 소와 말, 돼지, 양, 곤충, 개미에 이르기까지 삶을 원하고 죽음을 싫어하는 마음은 한가지라오. 어찌 큰 것만 죽음을 싫어하고 작은 것은 그렇지 않다고 하겠소? 그렇다면 개와 이의 죽음은 한가지인지라, 이를 들어 적절한 대꾸를 한 것이지, 어찌 당신을 놀리려 하였겠소? 내 말이 미덥지 않으면 당신 열 손가락을 깨물어 보시오. 엄지손가락만 아프고 나머지 손가락은 아프지 않소? 한 몸에 있는 것은 크고 작은 것, 몸체와 손발에 관계없이 모두 피와 살이 있기 때문에 그 아픔이 한가지라오. 더구나 각기 목숨을 부여받았는데 어찌 저것은 죽음을 싫어하고 이것은 죽음을 좋아할 리 있겠소. 당신은 물러가서 눈을 감고 곰곰이 생각해 보시오. 그리하여 달팽이 뿔을 쇠뿔과 다르지 않게 보고, 메추리를 큰 붕새처럼 똑같이 보도록 하시오. 그런 뒤에야 내가 당신과 더불어 도道를 말

20

할 수 있겠소.

혹 우리는, 개는 살아 있는 것을 사랑하고 닭과 돼지, 소
는 죽은 것을 사랑하는 것이 아닌가!

개의 직책과 천성

이익

천하에는 그 직책을 망치는 것들이 역시 많다. 개는 도둑을 막는 것이 제 직책이라 성질이 경계를 잘하여 도둑을 보면 반드시 짖으니, 그 타고난 모습대로 살아가는 것이다. 개는 사람이 길러 주어야 살아가지만, 짖는 것으로 길러 준 은혜를 꼭 갚겠다고 마음을 먹은 것은 아니요, 하늘로부터 부여받은 천성이라 천기天機가 절로 움직인 것이다. 그러므로 친한 벗이나 귀한 손님을 반갑게 맞아들일 때라도 개는 쫓아와 어지럽게 짖고 막대기로 쳐서 쫓아도 멈추지 않는다. 이는 개가 짖는 성질만 있고 분별하는 지혜가 없기 때문이다.

사람이 사는 집은 반드시 감추는 것이 있고, 감추면 반드시 엿보는 일이 생긴다. 엿보는 자는 반드시 밤을 택하

22

지만, 사람이 밤에는 자야 하므로, 개가 아니면 알아차리지 못하는 까닭에 개를 기르지 않을 수 없는 것이다.

근래 우리 고을에는 범이 멋대로 설쳐대면서 가끔 개를 물어 갔다. 개는 밤에 도둑을 살피는 일을 하는데 범은 또 개를 살핀다. 그러나 개는 용맹함이 범을 대항하기에 부족하고 지혜는 범을 조심해 피하기에 부족하다. 그러므로 범과 마주치지 않으면 거리낄 것 없이 바깥에서 자다가, 범을 만나게 되면 반드시 해를 당한다. 주인이 늘 개에게 조심하라고 타이르지만, 알아듣게 할 수가 없다. 가까운 이웃과 먼 동리의 사람들까지 다급하게 여겨 근심하지만 유독 개는 이를 알아듣지 못해 결국 범에게 물려 죽고 만다.

아, 개는 사람과 가까이 지내고 지각이 완전히 꽉 막혀 있는 놈이 아닌데도, 어찌하여 매일 타성에 젖어 타이르는 사람의 뜻을 알아듣지 못하여 위험을 피할 줄 모르는 것이 이처럼 심한가? 키우던 개를 잃고 나니 느꺼운 마음이 들어 적는다.

——— 이익李瀷, 「호확구」虎攫狗, 『성호사설』星湖僿說 권6

• 　실학의 비조로 추앙받는 이익李瀷(1681~1763)의 글이다. 이익은 본관이 여주驪州고, 자는 자신自新, 호는 성호星湖로 안산安山 첨성촌瞻星村에 머물면서 강학에 힘을 쏟았다. 그의 저술인『성호사설』星湖僿說에는 동물에 대한 내용을 크게 할애하여 학문의 중요한 매개로 삼은 바 있다. 이익은 자신이 키우던 개가 범에게 물려 죽은 사건을 두고「범이 개를 채가다」(虎攫狗)라는 글을 지어 개의 직책과 천성에 대해 생각하였다.

　　개가 도둑을 지키는 경계 업무를 직책으로 하고 있는데, 정작 범에 대한 경각심이 부족하여 물려 죽게 되는 문제를 다룬 글이다. 그런데 동물 이야기는 사실 그 이면에 사람의 문제를 다룬다. 벼슬길에 있을 때 경각심이 없어 범과 같은 화를 입는 사례는 부지기수다. 인간 세상이 동물이 살아가는 것과 다르지 않다.

• 　예전에 개가 범에게 물려가는 일은 드물지 않았다. 정범조丁範祖(1723~1801)도 키우던 개가 범에게 물려 갔다. 정범조는 본관이 나주羅州, 자가 법세法世, 호는 해좌海左다. 형조판서를 지냈고, 이익의 학문을 계승한 큰 학자다. 다음은「집에 키우던 개가 범에게 물려 가다」(家犬爲虎所嚙)라는 제목의 오언율시다.

24

아, 키워 주되 끝맺음 못 했구나

잘 방비하지 못해 후회가 되네.

어느 산에 피와 살이 흩어졌나

오늘 밤은 달과 별도 침침한데.

알록달록 범 배를 가르지 못했으니

주인 그리는 마음을 끝내 저버렸구나.

소 잃고 외양간 고치는 꼴이라

슬픔에 한이 옷깃에 가득하네.

이익은 교육을 잘 시키지 못해 개가 범을 피하지 못했고 그 때문에 죽었다고 안타까워했다. 정범조는 잘 보호하지 못하여 개가 물려 갔다고 슬퍼하였다. 정범조가 이익보다 좀 더 개 편이다. 게다가 죽은 개 시체라도 찾고자 하였고 또 개를 위해 범을 잡아 죽일 생각까지 하였다. 무척 사랑하였나 보다.

• 여기서 잠시 조선 시대 개를 키우는 법을 보기로 한다. 19세기의 실학자 이규경李圭景(1788~1856)은 『오주연문장전산고』五洲衍文長箋散稿에 「구변증설」狗辨證說을 두어 개 키우는 여러 가지 방법을 소개해 놓았다. 『본초강목』本草綱目, 『화한삼재도회』和漢三才圖會 등 중국과 일본의 문헌에서 인용한 것이니, 이규경이 직접 이렇게 해본 것은 아니므로 믿을

수 있는 것은 아니지만 참고삼아 아래에 보인다.

　"개가 여위고 힘이 없으면 미꾸라지 한두 마리를 구해다 입
　　과 콧구멍에 넣으면 바로 살이 찐다."

　"생 흑임자를 개 발에 바르고 비단으로 싸 주면 천 리를 갈
　　수 있다."

　"흑임자 기름으로 새끼 개를 사육하면 검게 변한다. 또 호
　　마胡麻 가루를 개에게 먹이면 검은빛이 나고 결출해진다."

　"개가 사람에게 맞아 죽었을 때 땅에 놓고 황토를 두르고
　　거적을 덮어 주면 반나절 만에 다시 살아난다. 또 개가 갑
　　자기 죽었을 때 아욱 줄기로 코를 막으면 살아난다."

　"개의 병을 치료할 때 물에 탄 평위산平胃散을 부어 넣는데
　　파두巴豆를 더하면 더욱 묘하다. 개를 치료할 때 오약烏藥
　　의 즙을 부어 넣으면 좋다."

　"풍전風癲은 양쪽 귀의 뾰족한 부분을 갈라 피를 내면 좋아
　　진다."

　"개의 부스럼을 치료하는 법. 개는 생선 내장을 많이 먹으
　　면 털과 살이 문드러지므로 생선 가게에는 옴에 걸린 개가
　　많다. 고양이와 개가 옴이 생기면 복숭아 잎을 찧어 그 털
　　과 살을 문질러 준 다음 조금 있다가 씻어 준다."

　"미후도獼猴桃는 우리나라에서 다래라 부르는데 잎과 가지
　　를 즙 내어 개에게 먹이면 부스럼이나 옴을 낫게 한다. 온

몸에 부스럼이 생기면 백부근百部根 끓인 물로 씻어 준다. 붉은 부스럼이 크게 생기면 물로 씻어 준다. 개가 옴에 걸리면 피마자 서너 개를 잘게 잘라 밥에 넣어 사오일 먹인다. 또 파두 두 개를 앞서 말한 방법대로 한 차례 먹인다."

"고양이와 개에게 이가 생기면 백색의 장뇌樟腦(조뇌朝腦)를 가지고 온몸을 문질러 주고 통이나 상자로 덮었다가 조금 뒤에 꺼내면 이가 절로 다 떨어진다."

"개에 붙는 파리를 퇴치하는 법. 개에 파리가 끓을 때 향유香油를 두루 발라 주면 바로 사라진다."

"개를 작게 만드는 법. 작은 개가 처음 태어났을 때 바로 오동 기름을 밥에 섞어 먹이면 조그마하여 끝내 자라지 않는다."

"개를 늘 짖게 하는 법. 개는 추위를 가장 무서워하므로 대개 누울 때 꼬리로 그 코를 덮어 주어야 깊이 잠이 든다. 반드시 밤에 경계하도록 하려면 그 꼬리를 잘라 코가 시려도 덮을 것이 없도록 해야 밤새 경계하여 짖는다."

"개가 싸움을 그치게 하는 법. 물 한 바가지를 그 머리에 부어 씻어 주면 그친다."

이러한 글을 보면 중국과 조선에서 개를 키우는 법이 제법 발달했음을 알 수 있다. 물론 현대 과학에 맞는지는 모르겠지만 몇 가지는 시도해 볼 만하다.

개는 짖는 것이 본성이다

박종경

집에서 개 두 마리를 키우는데 그 재빠른 것이 원숭이 같고 그 왜소한 것이 고양이 크기며, 그 모습이 노루와 비슷하고 그 교활함이 토끼와 같았다. 모기와 파리, 이와 빈대가 물어 그 살갗이 반 이상이나 헐었다. 골목에서 먹이를 구하는데 달릴 때면 주둥이를 땅에다 붙이고, 집에 들어가서는 마당과 밭에다가 오줌을 싸곤 하였으니, 추악한 점이 한둘이 아니었다.

주인이 병이 들었다가 사흘 지나 조금 차도가 생겼을 때다. 밤에 촛불을 끄고 잠자리에 들어 눈을 막 붙이려는데, 갑자기 두 마리 개가 마구 뛰어다니면서 미친 듯 짖어댔다. 주인은 도둑이 들었나 여기고 아이를 시켜 나가 보게 하였지만 사방에 인적이 없고 깜깜한 가운데 하늘에 희

28

미하고 뿌연 빛이 흐르고 있을 뿐이었다. 개가 그 그림자를 보고 짖은 것이다. 아이가 개를 쫓아냈지만 개는 갔다가 다시 와서 짖으면서 새벽까지 멈추지 않았다. 주인이 뒤척거리다 잠이 달아나 버렸다. 병이 다시 도지게 생겼기에 하인을 불러 말했다.

"이 개가 내 병을 심히 도지게 하는구나. 내일 아침 문밖에 나가 찢어 죽이도록 해라."

그러다가 생각해 보았다.

'개가 짖는 것은 개의 본성이다. 저놈이 제 본성을 따르는데 내가 죽인다면, 이는 내가 동물의 본성을 완수하지 못하게 하는 것이다. 어찌 옳은 일이겠나!'

다시 하인에게 명하여 그만두게 하고 개를 용서하는 시를 지었다.

집에서 키우는 개 두 마리는
소리와 모습이 개 같지 않았지.
소리는 곰과 범이 우짖는 듯하고
모습은 노루나 토끼가 달리는 듯.
크기가 몇 치도 되지 않고
오래 살아 나이도 많았다네.
추악하기가 비할 데 없어
늘 사람에게 욕을 먹었다네.

마침 내가 병들어 누웠다가
잠이 거의 들려고 하는 참에
개가 늘 조용한 것 싫어하니
도무지 불성佛性이라곤 없네.
한 놈은 담장 구멍에 있고
한 놈은 문 옆에 있으면서
컹컹 짖기를 멈추지 않고
앞뒤로 주고받으며 짖어 대네.
골목이 외져 늘 인적이 없으니
밤이 되면 누가 올 리 있겠나.
병든 내 잠이 싹 달아났으니
잡념이 더욱 어지럽게 일어났네.
땀이 흘러 등이 흥건해지고
열이 올라 콧구멍을 태울 듯.
이러저러한 병증이 나타나
새벽 되자 더욱 심해졌다네.
일어나자니 한기가 겁나고
사방 돌아보니 벽만 깜깜했네.
이날 밤 천만 가지 괴로우니
개가 바로 그 원수인지라.
이렇게 천하고 악한 놈이
그 죄까지 더욱 많으니

내일 아침에 해가 뜨면
종 시켜 문에서 찢어 죽여야지.
조금 후 선한 마음 돌아오니
네게서도 취할 점이 있구나.
음과 양, 그리고 오상五常은
그 천성이 동물도 부여받은 것.
말은 짐을 실을 수 있고
소는 논밭에서 일할 수 있으며
닭은 울어 새벽을 알리고
개는 짖어 도둑을 막는다네.
이 모두 본성을 따른 것
하늘이 준 것은 차별이 없다네.
짖는 것도 정말 절로 그런 것
사람이 시키지 않아도 될 일이라.
도둑이 없어도 미연에 막으니
그 지혜 또한 높일 만하네.
만물의 영장이 더욱 창피하니
도리어 사물의 유혹을 받기에.
발현되기 전에도 몽매하고
발현되고 나서도 껌껌하니
인의예지신 오상 가운데
짓눌리고 사라져 뭐가 남았나.

내 병들지 않았을 때도
어느 밤인들 안 짖었던가.
저놈이야 직분을 다한 것인데
내 병과 맞닥뜨린 것일 뿐.
정말 병은 나에게 달린 것
동물이 무슨 잘못이 있는가?
동물은 본디 헤아림이 없는 법
병든 자라고 편히 해 주겠나.
우리 집은 무척이나 가난해서
수확도 얼마 되지 않는지라
너 한 번 배불리 못 먹여서
늘 구차히 먹이 구하게 했구나.
집안사람에게 간곡히 말하노니
은혜 베풀어 욕하고 때리지 말라.
자신을 책하고 동물을 용서하라
시 지어 왼쪽 창에 이리 쓰노라.

—— 박종경朴宗慶, 「서구」恕狗, 『돈암집』敦巖集 권1

• 요란하게 개 짖는 소리는 참으로 듣기 싫다. 방 안이 아닌 마당에 키우는 개라도 그러하다. 도둑이 들거나 최소한 낯선 사람의 인기척이 있어 짖는 것이라면 그러려니 하지만 아무 까닭 없이 짖어서 사람의 신경을 곤두서게 하면 정말 짜증이 난다. 그래서 행여 집 안에 두고 가족처럼 사는 개라도 함부로 짖어 이웃에 폐가 될까 하여 아예 울지 못하도록 교육을 받은 개를 입양하거나 성대에 칼을 대어 울지 못하게 만들기도 한다. 온당한 일인가?

박종경朴宗慶(1765~1817)이 지은 「개를 용서하다」(恕狗)에서 이 문제에 대해 성찰하였다. 박종경은 자가 여회汝會, 호는 돈암敦巖이다. 반남 박씨潘南朴氏 명문가의 후손으로 부친은 판서를 지낸 박준원朴準源이고 누이는 정조의 후궁으로 들어가 순조를 낳은 수빈綏嬪이다. 그 자신도 호조판서, 훈련대장 등을 맡아 당대 최고 권세가의 한 사람이었다.

그의 집에는 개 두 마리가 있었는데 고양이처럼 왜소하지만 원숭이처럼 날래고, 노루처럼 순하게 생겼지만 토끼처럼 교활하였다. 그러나 모기와 파리, 이, 빈대 등 벌레들이 들끓어 피부가 반 이상 벗겨져 몰골이 흉했다. 먹을 것을 찾느라 땅에다 주둥이를 붙이고 골목을 쏘다녔다. 들어와서는 마당이나 채소밭에다 똥을 싸질러 놓았다. 더럽고 꼴사나운 점이 한둘이 아니었다. 주인은 속이 끓었다. 저놈을 죽여, 살려.

33

그러다 주인이 병이 났는데 다행히 사흘이 지나자 조금 차도가 있었다. 밤에 촛불을 끄고 잠자리에 들어 졸린 눈이 막 감기려는 순간 갑자기 개 두 마리가 미친 듯 달리면서 짖어 댔다. 주인이 놀라 도둑이 든 줄 알고, 심부름하는 아이를 시켜 나가 살펴보게 하였다. 그러나 사방에 인기척이 없고 깜깜한 가운데 하늘에 희미한 흰빛이 흐르고 있을 뿐이었다. 개가 이런 밤그림자를 보고 놀라 짖은 것이다. 아이가 화를 내며 개를 내쫓았다.

그러나 개는 갔다가 다시 와서 짖어 대면서 동이 틀 때까지 멈추지 않았다. 그 때문에 주인은 몸을 뒤척이며 잠 농사를 망쳐 버렸다. 겨우 나아지는가 하던 병세가 다시 도지게 생겼다. 얼마나 화가 났겠는가. 주인은 하인을 불러 내일 아침 개를 잡아 찢어 죽이라고 하였다.

그리고 다시 생각에 잠겼다. "개가 짖는 것은 개의 본성이다. 저놈이 제 본성을 따르는데 내가 죽인다면, 이는 내가 동물의 본성을 완수하지 못하게 하는 것이다. 어찌 옳은 일이겠나!" 이런 깨달음을 얻은 주인은 하인에게 개를 죽이지 말라 하고 개를 용서하는 시를 지었다.

박종경은 마음에 들 것 하나 없는 개로부터 성찰의 공부를 하였다. 개도 건순健順과 오상五常이 있다는 점에서 사람과 다르지 않다. '건'은 곧 양陽의 덕이고 '순'은 음陰의 덕이며, 오상은 인仁, 의義, 예禮, 지智, 신信의 오성五性을 가리킨다. 『중용』中庸의 첫머리에서 언급한 성性의 문제를 두고 주희朱熹가 "사람과 동물이 태어날 때 각기 부여받은 리理를 얻어 건순과 오상의 덕으로 삼는다"라고 풀이한 바 있다. 대개 동아시아 지식인들은 동물과 사람이 동일하게 성性을 타고나지만 사람의 성은 온전한 데 비해 동물의 성은 부분적인 것으로 이해하였다. 그래서 사람을 만물의 영장靈長이라 부르게 된 것이다.

세상 만물은 타고난 본성에 따라 맡은 일이 있다. 개는 도둑을 막는 일을 하려고 열심히 짖는다. 소는 논밭을 갈고 말은 짐을 싣는다. 이에 비해 만물의 영장인 사람은 무슨 잘난 일을 하는가? 자신이 병들었다는 이유로 도둑을 막기 위해 짖는 개를 욕하고 죽이려 하였으니, 개에게 부끄럽다. 개를 용서한다고 하였지만 사실은 개에게 용서받을 일이다.

개는 짖는 것이 본성이고 또 그 때문에 사람과 한 무리가 될 수 있었다. 지금은 가족으로 삼아 집 안에 함께 살기 위해 성대에 칼을 대는 일까지 있다. 가족의 이름으로 이렇게 해도 괜찮은가? 역지사지易地思之라, 개와 사람의 처지를 바꾸어 생각할 필요가 있다. 앞서 이규보가 개와 이의 차이를 다르게 보지 않아야 한다고 한 말은 박종경의 글에서 사람과 개를 다르게 보지 말아야 한다는 주장으로 이어진다.

• 개 짖는 소리가 싫은 것은 사람의 입장이다. 한여름이면

베란다 방충망에 붙어 귀가 찢어질 듯 우는 매미의 울음도 사람이 듣기에는 괴롭다. 그러나 그 역시 매미의 천성이 아닌가!

개구리 우는 소리도 마찬가지다. 안동 김씨安東金氏 명문가를 이끈 김수항金壽恒(1629~1689)이 한강 하류 통진通津에서 벼슬살이하던 젊은 시절, 여름 장마철을 맞아 관아의 서재 앞 작은 못에서 우는 개구리 울음소리에 무척 화가 났다. 못물을 모두 퍼내어 아예 개구리 씨를 말리려 하다가 문득 생각을 달리하였다.

개구리 소리가 사람에게는 감당할 수 없지만, 개구리에게는 그 천성을 따르는 것에 지나지 않는다. 개구리가 우는 것은 천성이어서 어쩔 수 없는데 죽여 없애는 일이 과연 옳은가? 사람과 동물이 태어나면 비록 기품의 차이는 있지만 각기 하늘로부터 부여받은 이치는 한가지다. 사람은 사람이 되는 이치를 얻어 그 천성으로 삼고, 동물 또한 동물이 되는 이치를 얻어 그것으로 천성을 삼는다. 사람으로서 사람의 천성을 따르고 동물로서 동물의 천성을 따르는 것을 두고 『중용』에서 이른 대로 천성을 따르는 것이라 할 수 있다. 따르는 바에 혹 같지 아니함이 있을지라도 따르게 하는 것은 같다. 이런 깨달음을 얻고 「개구리 울음소리에 대하여」(聽蛙說)라는 글을 지었다.

짖는 법을 잃어버린 개들이 많다. 사람이 억지로 가족으

로 삼고 한 집에 살고자 하여 개의 본성을 잃게 한 것이 아
닌지 의심스럽다.

개가 짖는 까닭

김태일

우리 집에 닭을 키우지 않은 지 몇 해 되었다. 대개 집에 사나운 개가 있어서 닭만 보면 바로 물어뜯고 잡아먹어 닭이 마침내 씨가 말랐고, 집은 고요하여 꼬꼬댁 닭 울음 소리를 들을 수 없었다.

금년 겨울 처음으로 암탉과 수탉 각기 몇 마리를 구해 홰를 만들어 살게 했다. 그날 날이 막 새려 할 때 닭이 한 번 울자마자 개들이 갑자기 떼 지어 짖었다. 누가 온 기척이 있나 싶어 일어나 살펴보니 아무도 없었다. 개를 욕하고 다시 잠자리에 들었는데 이윽고 닭이 다시 울자 개들이 따라 짖었다. 이렇게 한 것이 대여섯 차례가 되었다. 그러나 닭이 쉴 새 없이 계속 울자, 개 짖는 소리가 마침내 그쳤다. 내가 그제야 개가 닭 울음소리를 듣고 짖었음을 알게

38

되었다.

아, 촉蜀 땅에 햇살이 비치고 월越 땅에 눈이 내리는 일은 지리상으로 보기가 어렵다. 개가 낯선 닭 울음소리를 듣고 짖은 것은 당연한 일이다. 닭이나 개는 정말 사람들이 함께 키우는 동물이라 닭 울음소리와 개 짖는 소리가 늘 들리는 법이다. 우리 집은 유독 개가 사납기 때문에 오래 새벽을 지키는 닭 울음소리가 끊어진 것이요, 닭을 구해 울음소리가 다시 나게 되자 바로 개들이 다시 떼를 지어 일어나 짖게 된 것이다. 이 또한 보통 사람 집의 개와는 달랐던 것이라 하겠다.

그러나 밤새 개가 짖지 않고 스스로 짖는 일을 그친 것은, 오래 못 듣던 것 때문에 처음은 놀라 짖다가 나중에는 짖는 일이 힘든 줄 알게 된 것이 어찌 아니겠는가? 저 닭은 차갑게 비바람이 치더라도 오히려 그 울음을 그치지 않았으니, 개가 짖는다고 하여 스스로 그만두지 않은 것도 또한 마땅한 일이다. 이 모두 유추해서 알 수 있다. 느낌이 있어 설을 짓는다.

—— 김태일金兌一, 「견폐계성설」犬吠雞聲說, 『노주집』蘆洲集 권3

• 「개가 닭 울음소리를 듣고 짖는 것에 대하여」(犬吠雞聲說)라는 제목의 글이다. 김태일金兌一(1637~1702)은 자가 추백秋伯이고, 호가 노주蘆洲이며, 본관은 예안禮安이다. 사헌부 장령, 사복시정司僕寺正 등을 지냈으니 크게 현달한 것도 아니요, 세상이 알아줄 만한 업적을 남긴 것은 아니지만 그의 문집에는 월출산을 유람한 기행문 등 볼만한 글이 여러 편 실려 있다. 특히 이 글은 일상의 개 짖는 소리를 두고 성찰의 공부를 한 것이라는 점에서 읽을 만하다.

개는 낯선 존재를 보면 짖는 것이 제 역할이다. 그런데 닭을 보면 자꾸 해코지하여 집안의 닭이 남아나지 않았다. 김태일은 꽤 인자한 사람이었던 모양이다. 닭을 죽인다고 하여 개를 없애지는 않았다. 그러다가 한참 뒤 닭을 다시 키우게 되었는데, 새벽에 닭이 울자 평소 닭 울음소리를 들어보지 못한 개들이 밤새 짖어 댔다. 김태일의 짜증이 짐작된다.

위의 글에서 김태일이 촉과 월 땅을 이야기하면서 개는 괴이한 것을 보면 짖는다고 하였는데, 이는 그 유래가 있다. 당나라의 문인 유종원柳宗元의 「위중립에게 답하는 편지」(答韋中立書)에 나오는 내용이다.

굴원屈原의 부賦에 "고을의 개들이 떼 지어 짖는 것은 괴이한 것을 보고 짖는 것이다"라고 하였다. 내가 지난번에 들으니 "용庸과 촉蜀 같은 남쪽 지방은 항상 비가 오고 해 뜨는 날이 적어서 해가 뜨면 개가 짖는다"라고 하므로, 나는 이 말이 지나치다고 여겼다. 그런데 6~7년 전에 내가 남쪽 지방에 온 지 2년째 되던 겨울 어쩌다 큰 눈이 고개를 넘어 남월南越 지방의 여러 고을에까지 내렸다. 여러 고을의 개들이 모두 여러 날 동안 허둥지둥 짖고 물고 미쳐 내닫곤 하다가 눈이 다 녹아 없어진 다음에야 그쳤다. 나는 그제야 전에 들은 말을 믿게 되었다.

용과 촉은 사천四川에 있던 옛 지역 이름인데 용은 기주夔州 일대고 촉은 성도成都 일대에 있었다. 이곳은 늘 날이 궂어 어쩌다 해가 뜨면 이를 낯설게 여긴 개들이 짖었다. 한편 눈 내릴 일이 없는 남방의 따뜻한 월 땅에 어쩌다 눈이 내리자 개들이 놀라서 그 눈이 녹을 때까지 짖었다. 개가 낯선 것을 보면 짖는 것은 천성을 따른 것이다. 그런데 사람은 이를 두고 짜증을 낸다.

김태일은 낯선 닭 울음소리에 짖던 개가 새벽이 되자 힘이 들어 짖기를 그친 것을 두고 무엇인가를 생각한 듯하다. 혹 자신과 맞지 않는 낯선 세상을 보고 자신이 요란하게 떠든 것이 아닌지 돌아보았을지도 모르겠다. 김태일은 닭이 꿋꿋하게 새벽을 알리려 쉴 새 없이 운 점을 높게 평가했다. 혹 세상의 불의를 보고 힘들다 하여 입을 다문 지식인의 안일함을 꾸짖은 것이 아닐까.

● 각설하고. 요란하게 개 짖는 소리일지언정, 이경전李慶全 (1567~1644)이 열세 살 어린 나이에 지은 「개가 짖네」(犬吠) 라는 시를 읽으면 왠지 마음이 푸근해진다.

개 한 마리가 짖고
개 두 마리가 짖으니
개 세 마리도 따라서 짖네.
사람 때문일까
호랑이 때문일까
바람 소리 때문일까.
동자가 하는 말,
"산 위에 뜬 달이 촛불처럼 환하고
마당에 찬 바람만 오동나무에 부네요."
이상한 것 보고 놀라는 것이 이치라
개가 무엇 때문에 짖지 않을 리 있겠나.
짖는 것 뜻이 있건만 사람이 모르고
동자에게 대문 속히 닫으라고 말하네.

김태일이 터득한 깨달음을 동자가 먼저 알았다. 이경전 은 본관이 한산韓山으로 이산해李山海의 아들이다. 자는 중집 仲集, 호는 석루石樓로, 벼슬은 형조판서를 지냈으며 문장에 뛰어났다.

• 참고로 중국에는 개가 짖지 못하도록 만드는 방법이 있다고 이규경이 소개한 바 있다.

개가 죽여竹茹를 먹으면 벙어리가 된다. 저마苧麻와 오두烏頭를 돼지고기와 섞어서 개에게 먹이면 벙어리가 된다. 또 향유香油를 한 숟가락 정도 콧구멍에 붓고 하루를 자고 나면 짖지 않는다.

이규경은 『오주연문장전산고』의 「구변증설」에서 명말 청초의 인물 방이지方以智가 편찬한 『물리소지』物理小識를 인용하여 위와 같이 적었다. 그러나 한편으로 "개가 늘 짖어 도둑을 경계해야 옳지 벙어리로 만들어 소리를 내지 못하면 무엇 하는가?"라고 따끔하게 꼬집었다. 개는 짖어야 한다.

개를 왜 키우는가?

장혼

주인은 짐승 키우는 일을 좋아하였다. 사방에서 데려와 집에 없는 짐승이 없었는데 어린 강아지가 가장 나중에 들어왔다. 각기 알맞게 키워, 고기 먹는 놈은 고기를 주고 밥 먹는 놈은 밥을 주었으며 여물 먹는 놈은 여물을 주었다. 주는 것이 많고 적음에 차이가 있기는 하지만 다들 잘 자라 온순하였다.

강아지는 어려서 막 젖을 뗄 참인데 아직 떼지 못하고, 어미 품을 벗어나다가 아직 벗어나지 못한 상태였다. 먹이를 구하지 못하면 꼬리를 흔들어 사람에게 애걸하고 먹이를 얻으면 좋아서 장난을 쳤다. 객 중에 그 정황을 살핀 이가 있어 이를 미워하여 성내고 꾸짖었다.

"네놈이 멍청하고 분수를 모르는구나. 공작새는 문양

이 곱고 백로는 깃털이 하얗고, 앵무새는 말을 잘하고 영리하며 요뇨騕褭라는 천리마는 훨훨 날 듯 달린다. 이들은 짐승 중에 귀한 놈이지. 돼지와 양은 주방에 고기를 채워 주고, 닭과 소는 시각을 알리거나 밭을 가는 기술과 힘이 있는데, 이들은 짐승 중에 천한 놈이야. 그래도 모두 잘하는 것이 있는데, 네놈은 거의 잘하는 것이 없구나. 송작宋猎처럼 사냥을 잘하는 능력도 없고, 집에 편지를 전하는 황이黃耳 같은 품종도 아니면서, 네놈은 앞서 말한 개들처럼 배를 불리고 있구나. 만약 한 끼라도 먹을 것을 주지 않으면 담장 모퉁이에서 컹컹 짖어 대니, 도대체 왜 그러는 것인가?"

다시 다른 객이 있어 이렇게 이해하여 말했다.

"개는 몇몇 다른 짐승같이 잘하는 점이 없기는 하지만 그래도 몇몇 짐승이 미치지 못하는 점이 있다네. 주인이 문을 나서면 개도 쪼르르 뛰어 앞서가면서 한 걸음에 한 번 돌아보고 두 걸음에 두 번 돌아보아 차마 떠나지 못할 듯이 한다네. 주인이 문에 들어오면 반드시 옷자락 끝에 붙어 빙빙 돌면서 왼편에서 뛰고 오른편에서 뛴다네. 마치 주인이 그리웠다는 듯이, 주인을 지키려고 했다는 듯이. 문을 지키면서 도둑을 방비하는 것도 개의 천성이라네. 이러한 것은 앞서 든 몇몇 짐승이 가지지 못한 점이라네. 대개 사람도 뜻대로 되면 의기양양해서 으스대지만, 뜻대로

45

되지 못하면 기가 죽고 낯빛이 어두워지는 법이라네. 그러니 굳이 개를 책할 것이 무엇이겠는가? 자네 말은 잘못일세."

개가 곁에 있다가 마치 사람 말을 알아듣고 그 뜻을 이해하는 듯이, 머리를 숙이고 꼬리를 흔들었다. 꼭 기다리던 밥 가져온 사람처럼 대하였다.

— 장혼張混, 「아구」兒狗, 『이이엄집』而已广集 권14

• 조선 시대에 일과 고기가 아닌 개의 역할에 주목한 사람
으로 장혼張混(1759~1828)을 들 수 있다. 장혼은 본관이 결
성結城이고, 자는 원일元一, 호는 이이엄而已广 혹은 공공자空
空子다. 양반이 아닌 중인 신분이지만 한양의 인왕산 자락에
살면서 동료들과 시사詩社를 만들어 시를 즐겼고 또 아이들
교육에 관심을 쏟아 교재도 여럿 편찬한 인물이다.

「강아지」(兒狗)라는 제목의 이 글에는 두 종류의 유명한
개가 등장한다. 송작宋鵲과 황이黃耳다. 한유韓愈의 「모영전」
毛穎傳에, "동곽東郭에 사는 토끼 준夋이 날래고 뜀박질을 잘
하여 한로韓盧라는 사냥개와 능력을 다투었는데, 한로가 준
을 따르지 못하자, 화가 난 한로가 송작이라는 개와 공모하
여 준을 죽였다"라는 대목이 있다. 한로와 송작 모두 명견
의 대명사다.

또 황이는 진晉나라의 문인 육기陸機가 키우던 개다. 낙
양洛陽에서 벼슬할 때 장난으로 황이에게 집에 편지를 전하
라고 하면서 통에 편지를 넣어 목에 매달았다. 이에 황이가
오吳 땅에 있는 육기의 집으로 가서 편지를 전하고 답장을
받아 돌아왔다. 훗날 황이가 죽자 염을 한 다음 육기의 집에
서 200보 떨어진 곳에 매장하고 그곳을 황이총黃耳塚이라 불
렀다. 황이는 심부름을 잘하는 개의 대명사다.

어떤 객이 장혼의 개를 두고, 송작과 황이처럼 뛰어난
능력을 지닌 것도 아니며, 공작새나 백로처럼 멋진 외모를

가지지도 않았으며, 고기를 제공하는 돼지, 시간을 알려 주는 닭, 농사를 도와주는 소와 같은 역할도 하지 못한다고 타박하였다. 이에 다른 객이 개를 위하여 변명하였다.

여기서 개의 역할로 주인과 친하다는 점이 주목된다. 곧 '반려'로서의 기능을 말한 것이다. 조선 시대 문헌에서 개가 사람과 친한 것을 장점으로 든 글은 거의 보이지 않는다. 요즘 개를 좋아하는 사람의 귀에 쏙 들어올 이야기다. 애완견의 효용에 대해 생각했다는 점에서 의미가 있다.

● 그런데 정칙鄭侙(1601~1663)이라는 문인은 개나 말이 주인을 좋아하는 것에 대해 다른 생각을 가졌다. 정칙은 본관이 청주淸州이고, 자는 중칙仲則, 호는 우천愚川 혹은 와운옹臥雲翁이며, 백부 정사성鄭士誠, 부친 정사신鄭士信과 함께 명망이 높았다. 광해군을 모실 수 없다 하여 글만 읽었고, 이후 청나라와 강화가 이루어지자 향리인 안동으로 돌아가 후진 양성에 힘을 쏟은 재야의 학자다. 다음은 「개와 말이 주인을 좋아한다」(犬馬戀主)라는 글이다.

옛사람은 개와 말이 주인을 좋아하는 것이 동물의 천성이라 여겼다. 나도 처음에는 그렇게 믿었지만, 이제 보니 개와 말이 주인을 좋아하는 것이 배부른 것을 구하기 때문이지 그 주인을 사랑할 줄 알기 때문은 아니다. 그렇다면 지위를 탐하고 녹봉을 좋게 여겨 차마 떠나지 못하고 스스로 임금을 사랑한다고 하는 자들은 개와 말과 무슨 차이가 있겠는가?

정칙은 주인이 먹을 것을 주기 때문에 개와 말이 주인을 좋아한다고 하였다. 정칙의 속마음은 연군戀君을 들어 벼슬길에 매달리는 소인배를 비판하고자 한 데 있다. 굳이 개와 말이 주인을 좋아하는 것을 폄하할 일은 아니다. 사람이든 동물이든 그 단점을 늘어놓기보다 장점을 추켜 칭찬하는 것이 좋은 법이다.

• 개는 장점이 많은 짐승이다. 주인의 벗이 되고 주인을 위한 파수꾼이 되기도 한다. 이광정李光庭(1674~1756)은 그의 글 「망양록」亡羊錄에서 가축이 장점이 많음에도 그에 합당한 대우를 받지 못하는 문제를 성찰하였다.

사람 사는 집에 닭과 개, 소, 말, 양, 돼지 등을 기르지 않음이 없다. 저 닭은 머리에 관을 쓰고 있으니 '문'文이요, 발톱으로 할퀼 수 있으니 '무'武요, 적을 만나 싸울 수 있으니 '용'勇이요, 먹이를 보고 서로 부르니 '인'仁이요, 새벽을 지키며 때를 잃지 않으니 '신'信이다. 이것이 닭의 '오덕'五德이다. 그런데도 들판의 메추라기나 꿩만치도 못한 것으로 친다.

저 개는 절친하고 소원한 관계를 분별하니 '지'智요, 주인을 지키고 남을 보고 짖으니 '충'忠이요, 친한 이를 알아보아 꼬리를 흔드니 '인'仁이요, 밤을 지키면서 도둑을 막으니 '무'武요, 창고를 지켜 도난당하지 않게 하니 '염'廉이다. 이것이 개의 '오선'五善이다. 그런데도 그 좋아하는 것이 산중의 사슴이나 멧돼지보다 못하다.

저 소는 살아 있는 것을 먹지 않으니 '인'仁이요, 논밭에서 일을 하여 농사에 힘쓰니 '근'勤이요, 뿔을 달고 싸움을 좋아하니 '용'勇이요, 무리 지어 살면서도 다투지 않으니 '화'和요, 교외의 제사에서 희생이 되어 상제를 섬기니 '결'潔이다. 이는 소의 '오미'五美다. 그런데도 그 대우가 우리에 가두어 놓은 범이나 곰만큼도 못하다.

저 말은 친한 사람을 알아보지만 맞먹으려 들지 않으니 '예'禮요, 주인을 사모하여 눈물을 흘리니 '충'忠이요, 무거운 것을 맡아서 멀리까지 옮기니 '건'健이요, 군영에서 고무되어 잘 달리니 '용'勇이요, 길을 알아 밤에도 다니니 '지'智다. 이는 말의 '오령'五令이다. 그런데도 그 귀하게 여기는 바가 산과 늪의 물소나 코끼리만큼도 못하다.

저 돼지는 더러운 것을 없애고, 양은 날씨가 흐릴지 비가 올지 안다. 고양이는 시각을 알고 쥐를 잘 잡는다. 그 밖에 노새나 낙타, 거위, 기러기 등도 모두 사람이 늘 키우는 것이요 이들은 모두 사람에게 유익한 것이다. 그럼에도 천하

게 여겨 죽이고 삶아서 먹으며, 큰 갈매기나 해오라기, 고
니 등이 쓰임이 없는데도 그보다 낫다고 여겨 좋아한다. 이
는 무슨 까닭인가? 가까운 것은 천하고 실용적인 것은 천
하며 눈으로 본 것은 천하다고 여기기 때문이다.

이광정은 본관이 원주原州고, 자는 천상天祥, 호는 눌은訥
隱인데 벼슬길에 연연하지 않았지만 문학文學과 행의行誼가
영남 제일이라는 칭송을 받은 인물이다. 그의 저술 「망양
록」은 세상과 사람을 성찰하게 하는 재미난 글이 많이 실려
있는데, 이 글에서는 동물의 천성에 대해 집중적으로 고찰
하였다.

이광정은 가축이 늘 가까이 있기 때문에 정당한 대우
를 받지 못한다고 하였다. 특히 개는 '지'와 '충', '인', '무',
'염' 등 다섯 가지 장점이 있는데도 고기 맛이 사슴이나 멧
돼지보다 못하다 하여 투덜댄다. 다른 동물이나 식물도 마
찬가지다. 이어지는 글에서는 사람들이 채소나 과일나무를
열심히 심으면서도 정작 이들이 흔하기 때문에 천대하고 오
히려 매화나 대나무, 소나무, 국화, 연꽃, 오동, 모란 등과
같은 꽃나무를 좋아하는 것도 같은 이치라 하였다.

귀원천근貴遠賤近이라는 말을 생각해 볼 만하다. 먼 것은
귀하게 여기고 가까이 있는 것은 천시한다는 말이다. 한나
라의 학자 양웅揚雄이 용모가 뛰어나지 못하여 그의 저술이

경시되는 것을 두고 한 말이다. 소나 돼지, 닭이 흔하고 가까이 있어서인지 마구 잡아 죽이고 그 고기를 맛있게 먹는다. 다만 개는 이와 다르니 정말 '개팔자'다.

귀염둥이 호박개

조경

호박개야, 네 어디서 태어나
태수 눈앞의 물건이 되었느냐?
길이가 한 자도 채 못 되는데
쥐 눈에 족제비 주둥이, 털은 어둑한 빛.
정답게 옷자락에 파고들고
방 안에서만 왈왈 짖어 대네.

섬돌 내려가면 맹견에 상대가 되겠는가,
토끼를 쫓을 때 날랜 사냥개 따르겠는가.
호박개야, 네 어찌 여우처럼 아양을 잘 떨어서
분에 넘치게 태수의 귀염을 받음이 끊일 때가 없는가.

낮에는 수놓은 방석에 누워 있고
밤에는 황금으로 꾸민 집에 자면서,
오물오물 고기와 생선을 먹으니
곁에서 다른 개들 머리 숙이고 곁눈질할 뿐.

호박개야, 한로韓盧 같은 사냥개를 보아야 할 것이다.
컹컹 네 먹다 남긴 뼈다귀를 감히 다투지도 못하지만
필시 때가 되면 큰 이빨로 날래게 깨물어 버릴 것이니
오래잖아 아낙이 밤 불씨 빌러 올 것 같아 내 걱정이라.

—— 조경趙絅, 「종태수하박구단가」宗太守下朴狗短歌, 『용주유고』龍洲遺稿
권23

54

• 조선에서 개를 실내에서 키운 예는 그리 흔하지 않았을 것이다. 조경趙絅(1586~1669)이 1643년 대마도에 갔을 때 실내에서 키우는 개를 보고「종 태수의 호박개를 노래하다」(宗太守下朴狗短歌)라는 시를 지었는데, 이국적인 풍경이었기 때문이다.

조경은 본관이 한양漢陽이고, 자는 일장日章, 호는 용주龍洲이며, 남인南人 사선생四先生의 한 사람으로 추앙받았고 대사간, 대사헌, 대제학, 판서 등을 두루 지냈다. 사료로서 높은 가치를 인정받는 여러 종의 일기를 남겼는데, 특히 1643년 일본에 통신사通信使로 갔다 와서 지은『동사록』東槎錄이 큰 주목을 받고 있다. 여기에 일본으로 가던 중 대마도주 소 요시나리宗義成가 기르던 애완견인 호박개를 보고 쓴 장편 시가 실려 있다. 여기서는 하박구下朴狗라 하였다. 조선의 개는 아니지만 애완견에 대한 귀한 자료다.

조경이 대마도에서 본 개는 애완용 호박개다. 키가 30센티미터가 안 되고 쥐의 눈에 족제비의 주둥이며 털빛은 가무잡잡한데 아양을 잘 떨어 주인의 귀여움을 받아 수놓은 비단 방석에 누워 비싼 고기와 생선을 먹고 산다. 맹견이나 사냥개와 비교할 수 없건만, 그런데도 주인의 사랑을 독차지하고 있다. 이를 본 조경은 마음이 불편했던 모양이다. 지금은 한로 같은 사나운 사냥개도 주인이 무서워 감히 나서지 못하지만, 기회가 되면 호박개를 물어 죽이고 그렇게 되면 호박개는 삶겨서 개장국 신세가 될 것이라 농을 하였다.

• 18세기 무렵에는 호박개가 조선에도 들어와 있었다. 박
지원朴趾源(1737~1805)이 1781년 7월 13일 서유린徐有隣, 이
덕무李德懋 등과 함께 종로의 운종교雲從橋에서 달구경을 하
였는데 한밤에 호박개를 만났다.「취하여 운종교를 거닌 기
록」(醉踏雲從橋記)의 한 대목이다.

설핏 취해, 운종가雲從街(종로)로 나가 종각 아래에서 달빛
을 밟으며 거닐었다. 이때 종루鐘樓의 종소리가 삼경 사점
三更四點(자정 조금 지난 시각)임을 알렸다. 달이 더욱 밝아 사
람 그림자가 모두 열 발이나 늘어졌다. 저 자신이 돌아봐도
섬뜩하여 두려움이 들 정도였다. 거리에 여러 마리의 개들
이 어지러이 짖어 대는데, 희고 여윈 큰 개 한 마리가 동쪽
에서 다가왔다. 사람들이 에워싸고 머리를 쓰다듬어 주었
다. 개가 좋아하며 꼬리를 흔들면서 고개를 숙이고 한참 서
있었다.
예전 이런 말을 들은 적이 있다. 이 큰 개는 몽골에서 나는
데 크기가 말만 하고 성질이 사나워서 다루기가 어렵다. 중
국에 들어간 것은 그 가운데 특별히 작은 품종이라 길들이
기가 쉽고, 우리나라에 들어온 것은 더욱더 작은 품종인데
그래도 토종개에 비하면 훨씬 크다. 이 개는 이상한 것을

보아도 잘 짖지 않지만, 한번 성을 내면 으르렁거리며 위엄을 과시한다. 사람들이 이를 호백胡白이라 부른다.

가장 작은 것은 발발이犮犮-라 하는데, 그 품종이 중국 운남雲南에서 나왔다. 모두 고깃덩이를 좋아하고 아무리 배가 고파도 똥은 먹지 않는다. 일을 시키면 사람의 마음을 잘 알아서, 목에다 편지를 매어 주면 아무리 먼 곳이라도 반드시 전달하며, 주인을 만나지 못하면 굳이 그 주인집 물건을 물고 돌아와 신표信標로 삼는다. 해마다 늘 사행使行을 따라 우리나라에 들어오지만 대부분 굶어 죽고 언제나 외롭게 다니며 기를 펴지 못한다.

무관懋官(이덕무의 자)이 취중에 그놈의 자를 '호백'豪伯이라 지어 주었다. 조금 뒤에 그 개가 어디론지 가 버리고 보이지 않았다. 무관이 섭섭해서 동쪽을 향해 서서 '호백이!' 하고 오랜 친구나 되는 듯이 세 번이나 불렀다. 사람들이 모두 크게 웃었다. 거리에서 소란을 피우던 개떼가 마구 달아나면서 짖어 댔다.

박지원이 이른 호백이 호박개다. 몽골에서 나는 호박개는 무척 커서 말만 하였다. 비교적 몸집이 작은 품종이 중국으로 들어왔고 조선에는 더욱 작은 품종이 들어왔다. 그래도 토종개보다 훨씬 컸다. 그래서 이덕무가 호백이라 하였는데 '호'豪나 '백'伯이나 크다는 뜻이다. 박지원은 호박개와 함께 따로 발발이를 언급하였다. 발발이는 통신사 일행이 조선에 들여왔는데 육기의 황이만큼이나 심부름을 잘하였다. 그러나 조선에서 똥을 먹여 키우던 관습에 적응하지 못하여 대부분 굶어 죽었다.

• 조경이 대마도에서 본 호박개는 발발이에 가깝다. 이규경은 『오주연문장전산고』의 「구변증설」에서 호박개胡朴-가 중국에서 들어온 사냥개로, 보통 개의 서너 배 크기인데 사냥을 잘하고 사람 뜻을 이해할 수 있다고 하였다. 박지원이 이른 호백과 비슷하다. 이에 비해 조경이 본 호박개는 품안에 들어갈 만큼 조그마하니 지금의 발발이로 보면 되겠다.

개는 식용과 방범, 사냥 등의 목적에서 키웠지만, 발발이처럼 애완용 개도 적지 않았다. 이암李巖(1507~1566), 이경윤李慶胤(1545~1611), 김두량金斗樑(1696~1763), 변상벽卞相璧(18세기), 신윤복申潤福(18세기) 등의 그림이 전하고, 의심스럽지만 사도세자思悼世子(1735~1762)가 그렸다고 하는 그림도 있다. 이들 가운데 애완견이라고 분명히 말할 수 있는 개를 적시할 수는 없지만, 여러 정황으로 볼 때 왕실 등 최상층에서 애완용 개를 제법 키운 것은 분명할 것 같다. 이규경은 『오주연문장전산고』의 「침계방구변증설」枕雞房狗辨證說에서 실내에서 키우는 애완견을 방구房狗라고 하고, 몇 종을 소개하였다.

진짜 방구를 말하자면 개 중에 가장 작은 놈으로, 민간에서 발발이辛辛-(당구唐狗라고도 한다)라고 부른다. 발발이는 곧 합팔구哈叭狗로 작기가 고양이만 한데 꼬리가 가늘고 다리는 짧다. 당구는 합팔구(곧 오문墺門[마카오]에서 사육하는 작은 개 종류다)에 비해 춤을 잘 추고 놀기도 잘하여 사람이 시키는 대로 재주를 부린다. 이 때문에 호인胡人들은 품속에 넣고 다니기도 하고 방 안에서 키우기도 한다. 고양이처럼 짖는데, 마루에 주인이 없을 때 주인이 아닌 다른 사람이 들어오면 짖는 소리가 큰 개보다 요란하다. 방 안에서 도둑을 감시할 때 이 개보다 좋은 놈이 없다. 마루에 음식을 차려 놓더라도 주인이 없으면 오직 근실히 지킬 뿐 훔쳐 먹는 일이 없다. 개 가운데 기이한 품종이다. (청나라 사람이 관북의 회령부會寧府와 경원부慶源府에서 개시開市가 열릴 때 많이 데리고 와서 우리나라 사람과 교역했는데 당구와 발발이 두 품종이 있다.)

내가 구해서 길러 본 적이 있는데 그 성질과 행동이 듣던 것과 한가지였다. 비록 불림구拂林狗와 서번구西番狗 같지는 않았지만 침계枕雞(침대 곁에서 키우는 애완용 작은 닭)와 대적할 만하여, 내가 이 때문에 방구라 이름 붙였다.

주이준朱彝尊의 『일하구문』日下舊聞에 "불림구는 보통 개보다 곱절이나 작은데 지금 북경의 토산품이다"라 하였고, 동헌주인東軒主人의 『술이기』述異記에 "서번구는 보통 개보다 조금 키가 크고 앞발이 원숭이처럼 길다. 땅을 쓸게 하면 빗자루를 들고 소제를 매우 근실하게 하며, 다 쓸고 나면 빗자루를 들고 꿇어앉는다. 다른 잡일도 꼼꼼하게 하여 사람보다 낫다. 새벽부터 저물녘까지 게으름을 피우지 않고 일을 한다. 고기를 주면 절을 하고 먹는데 먹고 나면 다시 머리를 서너 번 조아린다. 개 중에 예의를 아는 놈이다"라 하였다.

이규경의 글을 보면 발발이와 당구는 비슷하게 생겼던 모양이다. 다만 당구가 발발이보다 조금 더 크다고 하였다. 『연산군일기』에는 당구가 주둥이가 짧고 털이 길며 발이 낮고 순 흑색이라 하였다. 이규경은 다른 대목에서 발발이가 마카오에서 가져온 합팔구인데, 작은 놈인데도 춤을 잘 춘다고 하였다.

이 외에도 이규경은 「구변증설」에서 크기가 큰 개미만 한데 늘 베개 가에 엎드려 있다가 파리를 잘 잡는 소렵구小獵狗도 소개하였다. 그밖에 향구香狗, 장자구獐子狗, 동경구東京狗, 녹미구鹿尾狗, 합팔구哈叭狗, 사안구四眼狗, 사자구獅子狗, 화구花狗, 낙사구絡絲狗 등 다른 문헌에서는 확인되지 않는 다양한 애완용 개를 소개하였다.

『역어유해』譯語類解와 『동문유해』同文類解에 "향구는 냄새

를 맡는 개요, 장자구는 꼬리가 짧은 개다"라 하였다. 살펴
보건대, 지금 영남 경주부慶州府의 개들이 모두 꼬리가 짧아
이름을 동경구라 한다. 녹미구는 꼬리가 짧은 개다. 합팔구
는 다리가 짧은 개다. 사안구는 눈 위 눈썹의 털이 눈처럼
하얗기 때문에 붙은 이름이다. 사자구는 사자 털을 가진 개
다. 화구는 반점이 있는 개다. ……낙사구는 삽살개다.

장자구는 노루개로 불렸을 것 같은데 목이 무척 긴 품종
으로 추정된다. 동경구는 제법 알려진 품종인데 남학명南鶴
鳴(1654~1722)의 「풍토」風土라는 글에서는 단미구短尾狗라고
도 부른다고 하였다. 지금 꼬리가 짧은 이 동경개는 진돗개,
삽살개와 함께 천연기념물로 지정되어 있다. 또 원나라 때
편찬된 『진강지』鎭江志에는 녹미구가 털이 짧은 개를 이른다
고 하였는데, 우리나라에서 꼬리가 노루 꼬리처럼 생긴 품
종이 따로 있었던 것 같다. 합팔구는 원곡元曲에 보이는데,
왜소하지만 털이 길고 다리가 짧은 품종이다. 합파구哈巴狗,
파아구巴兒狗라고도 하는데 로마에서 당나라로 수입된 것이
라 한다. 사자구도 이와 비슷한데 중국 수나라와 당나라 때
도 있었다고 한다. 네눈박이로 불리는 사안구는 송나라 때
기록에 보이는데 지금도 이 품종을 볼 수 있다. 낙사구는 삽
살개인데 우리나라 토종개다. 반점이 있는 화구는 다른 문
헌에서 확인되지 않는다.

• 애완견과 함께 사냥개도 귀한 존재였다. 그래서 이덕무는 『서해여언』西海旅言에서 믿기 힘들지만 사냥개를 만드는 법을 소개하였는데, 강아지가 처음 태어났을 때 7일 동안 코끝에다 식초를 바르면 다 사냥개가 된다고 하였다. 이덕무는 이규경의 조부다. 이규경은 「구변증설」에서 이덕무의 이 글을 인용하고 또 "새끼 개가 뼈나 가시를 먹을 수 있을 때 꿩 다리 세 개를 먹이면 저절로 사냥개가 된다"라고 하였다. 또 개가 어릴 때 "쑥을 태워 연기를 피워 어린 개 코에 쐬어 주면 커서 쥐를 잘 잡는다. 사냥개 상을 보는 법으로, 턱 아래 거꾸로 수염이 한 뿌리나 세 뿌리 난 놈이 좋은 사냥개다. 두 뿌리나 너덧 뿌리 난 놈은 평범한 개다"라 하였다. 또 다음과 같은 대목도 보인다.

『본초강목』에서 유욱劉郁의 『서사기』西使記를 인용하여 다음과 같이 적었다.

"서북 변방의 매가 알을 셋 낳으면 알 하나에는 반드시 사냥매가 생긴다. 다 자란 사냥매가 하늘로 날아오르면 개가 매의 그림자를 좇아서 가는데 또한 짐승을 따라가 사냥을 하기 때문에 축영구逐影狗라 부른다. 사냥개 중에 가장 좋은 놈이다. 지금 북쪽 변방의 개는 크기가 노새만 한데 사냥을 못 하는 놈이 없다. 노루와 사슴, 산양, 멧돼지, 곰, 이리, 수달을 잡는데 백 번에 한 번도 놓치는 법이 없으니, 꿩이나 토끼 잡는 것은 사소한 일이다. 사나운 놈은 범과 표범도 잡는다. 이 때문에 개 한 마리 값이 거의 수소 너덧 마리에 가깝다. 이 개는 사람처럼 똑똑해서 다른 사람이 그 주인을 해치려 하면 반드시 문다. 이 때문에 이 개가 보이는 곳에서는 장난으로 치고받아서는 아니 된다.”

우리나라 사냥꾼 중에 혹 회령과 경원 두 고을의 개시開市에서 이 개를 사서 수달과 여우, 삵, 노루, 사슴 등을 전문으로 잡아 생계를 꾸리는 이도 있다고 한다.

조선의 북방에서 중국의 축영구를 수입해 사냥에 사용했다는 귀중한 기록이 여기에 보인다.

• 이규경은 「구변증설」에서 좋은 개를 알아보는 법도 소개하였다.

털의 색이 검은데 두 뒷다리가 흰 놈, 귀가 누런 놈, 머리가 누런 놈, 꼬리가 흰 놈 등은 크게 길하다. 검은 낯에 네 다리가 모두 흰 놈은 흉하고, 등이 희거나 누런 놈은 사람을 해친다. 두 앞다리가 희거나 가슴이 흰 놈은 길하고, 범 문양을 띠고 있는 놈도 길하다. 다리가 짧은 놈이 좋은데 다리가 길면 탁상이나 부뚜막에 잘 올라간다. 순백색은 기괴하니 기르지 말라. 새끼 서넛을 낳았을 때 모두 희거나 모두

63

누르거나 모두 푸른 놈은 길하다.

개는 여덟 가지 기이한 품종이 있다. 흰 개 가운데 범 문양
이 있는 놈은 남두군南斗君이 길러 만석꾼이 되었다. 흰 개
가운데 머리가 검은 놈은 사람에게 재물을 얻게 해 준다.
흰 개 중에 꼬리가 검은 놈은 사람으로 하여금 대대로 수레
를 타게 한다. 검은 개 가운데 귀가 흰 놈은 사람을 부귀하
게 하고, 검은 개 가운데 두 앞다리가 모두 흰 놈은 자손에
게 좋다. 흰 개 가운데 머리가 누런 놈은 집에 큰 경사가 있
게 하고, 누런 개 가운데 꼬리가 흰 놈은 때로 벼슬을 하게
해 준다. 누런 개 가운데 앞다리 둘이 흰 놈은 사람을 이롭
게 한다.

복을 가져다 줄 개를 색깔에 따라 이렇게 소개하였다.
과연 그런지는 모르겠다.

이규경은 「침계방구변증설」에서 장난감 개도 소개하였
다. 나무로 만든 목구木狗 중에 스스로 짖고 움직이는데 살
아 있는 개는 아니라 하였다. 청나라 사람 대용戴榕이 쓴 「황
리장전」黃履莊傳을 인용하여 "서양의 톱니바퀴와 태엽 장치
를 터득하여 나무로 개를 만들었는데 살아 있는 것처럼 움
직이고 짖는 소리를 멈추지 않았다"라고 하였다. 또 『견문
록』見聞錄이라는 책을 인용하여 "장張 아무개는 항주杭州 사

람인데 서양 기술에 뛰어나 나무를 깎아 개를 만들고 개가 죽을 입히니, 짖고 뛰는 것이 진짜 개와 다름이 없었다. 모두 쇠로 장치를 만들었는데 그 기계를 멈추면 작동하지 않는다"라고 하였다. 로봇견의 선구가 목구인 셈이다.

2장

젖 나눠 먹이는 개

〈모견도〉母犬圖(부분), 이암李巖(1499~?), 조선,
지본담채, 163cm×55.5cm,
국립중앙박물관 소장(본관 255)

다른 새끼를 함께 거두어 키운 개

이륙

　의견義犬이라는 놈은 청파靑坡 선생이 집에서 키우는 짐승이다. 색깔이 희고 주인의 뜻을 잘 알아들었다. 새끼를 낳았는데 또한 흰색이었다. 보름 후에 같은 집에 사는 누렁이도 새끼 셋을 낳았는데 모두 진한 황색이었다. 새끼를 낳고 어미 개가 병이 들었는데 먹이를 주어도 먹지 않고 미친 듯 달리며 멈추지 않더니 며칠 만에 죽고 말았다. 누렁이 새끼가 젖을 먹지 못해 슬피 울었다. '그놈들 필시 죽겠구나.' 주인은 이렇게 여겼지만 구할 방도가 없었다.

　이때 의견이라는 놈이 밖에서 마침 들어왔다. 빙 둘러보고 나가려다가 다시 돌아보더니 마치 불쌍히 여기는 듯한 낯빛을 띠었다. 그러더니 마침내 그 새끼를 물고 달려나가기에, 주인이 괴이하게 여겨 찾아가 보았다. 그 새끼를 벌써 제집에 놓아두었는데 이와 같이 한 것이 세 차례였다. 애를 쓰며 근실하게 젖을 먹이는 것이 한결같이 제 소생처럼 하였고, 그리하여 다 자랄 수 있게 되었다.

아, 또한 기이하다. 예전 당나라 북평왕北平王 마수馬燧의 집에 고양이 두 마리가 한날 새끼를 낳았는데 어미 고양이 한 마리가 죽자 다른 어미 고양이가 대신 젖을 먹여 키워 준 일이 이와 비슷하다. 창려昌黎 한유韓愈 공은 북평왕의 덕이 그렇게 만든 것이라 하였다.

고양이는 사람이 키우는 동물인데 그 성질이 가장 편벽하다. 종종 제 새끼까지 잡아먹는 놈도 있는데 정말 제 새끼인 줄 알았다면 잡아먹을 리가 있겠는가? 그렇다면 고양이가 젖을 먹인 것은 혹 제 새끼가 아닌 줄 모르고 그렇게 한 것이리라.

지금 개 또한 사람이 키우는 동물인데 주인과 손님을 구분할 줄 알고 어미와 새끼를 구분할 줄 알아 성질이 가장 지혜롭다. 그러니 어찌 다른 새끼를 제 새끼로 잘못 알았을 리가 있겠는가? 게다가 털의 색깔이 같지 않고 크고 작은 것도 서로 다르니, 다른 개의 새끼인 줄 모르고서 이처럼 정성을 들인 것은 아닐 것이다. 어찌 개 중에서 의롭고 매운 놈이 아니겠는가?

지금 세상에 남의 처첩이 된 여자가 제 남편의 자식 보기를 길 가는 사람 보듯 하고, 심지어는 원수처럼 보아 사납게 깨물기까지 하여 개돼지보다 못할 뿐만이 아니다. 의견의 소문을 듣는다면 어찌 조금이라도 부끄럽지 않겠는가? 이 때문에 의로운 개에 대한 이야기를 짓는다.

• 이륙李陸(1438~1498)은 본관이 고성固城으로 조선 초기 제일가는 명문가 출신이다. 경기도 관찰사, 대사헌, 참판 등을 지냈다. 자는 방옹放翁, 호는 청파靑坡, 부휴자浮休子 등을 사용했다. 방옹이나 부휴자는 그 뜻이 시속에 얽매이지 않는 자유로운 삶을 추구하고자 한 것이다. 문집『청파집』과 잡록『청파극담』靑坡劇談이 전한다. 이 글은 문집에 실려 있는「의로운 개 이야기」(義犬說)이다.

이륙은 제가 낳지 않은 새끼를 거두어 키운 개를 의롭다 여겨 의견이라 하고 사연을 소개하였다. 그리고 인간사의 문제로 연결하였다. 계부나 계모가 아이를 학대한 뉴스가 심심찮게 등장한다. 이륙의 시대에도 본부인과 사별하여 계실繼室이나 부실副室을 들이는 일이 빈번하였고, 그에 따라 제 소생이 아니라 하여 차별하거나 심지어 학대하는 일이 많았던 모양이다. 이륙은 의로운 개의 이야기로 불편한 세태에 경종을 울리고자 하였다.

이 글에서 인용한 한유의 글은「고양이가 젖을 먹인 이야기」(猫相乳說)이다. 북평왕 마수의 집에 암고양이 두 마리가 있어 같은 날 함께 새끼를 낳았는데 암고양이 하나는 바로 죽어 버렸다. 그 새끼들이 어미젖을 먹지 못하고 울기만 하니, 다른 암고양이가 그 새끼들을 데려다 제 새끼처럼 젖을 먹여 기른 일이 있었다. 이를 두고 한유는 북평왕의 덕화가 고양이에게 미쳤다고 칭송하였다.

    이 이야기를 두고 이륙은 북평왕의 고양이는 제 새끼인
줄 착각하여 젖을 먹인 것이지만 조선의 의견은 제 새끼가
아닌 줄 뻔히 알면서도 그 목숨을 살렸기에 의롭다고 높게
평가하였다.

• 물론 조선이 아닌 중국의 개라고 하여 다른 새끼를 돌본
사례가 없는 것은 아니다. 다음은 중국 송나라 때의 이야기다.

    함계현咸溪縣 동용童鏞에 집에서 키우는 개 두 마리가 있었
는데 하나는 흰둥이고 하나는 꽃문양 얼룩기였다. 한 어미
배에서 나왔는데 천성이 똑똑하여 사람 마음을 잘 알았다.
나중에 흰둥이의 두 눈이 모두 멀어 제집에 들어가지도 못
하고 밥을 먹지도 못하였다. 주인집에서 풀을 엮어 집을 만
들어 주어 처마 바깥에서 누워 지냈다. 이에 얼룩기가 매일
밥을 물고 와 토해서 먹였고 밤이면 그 곁에 나란히 누웠다.
흰둥이가 죽자 주인이 불쌍히 여겨 문 앞의 산기슭에 묻었
다. 얼룩기가 아침저녁 묻힌 곳에 가서 몇 바퀴 돌며 절하
고 우는 듯한 모습을 보이더니, 그 곁에 누워 한참 있다가
돌아왔다.

    이 이야기는 청나라 문인 주양공周亮工의 『인수옥서영』因
樹屋書影에 실려 있어 조선에도 알려졌고 이규경도 『오주연

문장전산고』의 「금수곤충윤상변증설」禽獸昆蟲倫常辨證說에서 전문을 인용하였다. 다른 새끼를 키운 의로운 개가 국적을 따질 리는 없겠다.

또 시대가 달라도 이런 측은지심을 가진 개가 나타났다. 다음은 근대 전라도 장성長城의 문인 기우만奇宇萬(1846~1916)의 집에서 키우던 사람보다 나은 개 이야기다. 「구유설」狗乳說이라는 제목으로 그의 문집에 실려 있다.

집에 개 두 마리가 같은 때 젖을 먹이고 있었는데 며칠 후 어미 개 한 마리가 죽었다. 그 새끼가 젖을 먹지 못해 슬피 울었다. 보는 이들이 측은한 마음이 들었다. 미천한 짐승이라 하여 차등할 것은 아니지만, 어떻게 구해 줄 방도가 없었다. 그런데 어미 개 한 마리가 새끼들이 슬피 우는 것을 보고, 끌어당겨 제 젖꼭지 밑에 넣고 젖을 나누어 먹였다. 젖꼭지가 여덟이라 열 마리 새끼를 다 먹일 수 없어, 이에 나누어 순서를 정하자 고루 젖을 먹지 못하는 놈이 없게 되었다. 집사람이 기이하게 여겨 알려 주기에 날마다 가서 보았더니 매일 젖을 나누어 주었고, 마침내 젖을 먹여 모두 다 잘 키워 낼 수 있었다.

아, 사람과 동물은 태어날 때 과연 오상五常이 동일하니, 이 개는 그 천성을 잃지 않았나 보다. 저 만물의 영장이라는 사람은 자식과 부모가 딴살림을 차리고, 형과 아우가 나누

74

어 주는 것에 인색하여, 굶주리고 떠는 것을 보고도 남의 일처럼 여긴다. 대체 이는 무슨 마음이란 말인가? 이 개에게도 훨씬 못 미친다고 하겠구나. 이때부터 매번 밥을 먹을 때 반드시 몇 숟가락을 덜어 개에게 주어 사랑을 더하였다.

기우만은 자가 회일會一이고 호는 송사松沙이며 본관은 행주幸州로 큰 학자 기정진奇正鎭의 손자다. 조선 말기의 학자요 의병장으로 이름이 높은데 그의 집 개도 자애로운 마음을 가졌다.

기우만의 개는, 젖꼭지가 여덟 개라 열 마리의 새끼를 한 번에 먹일 수 없는데도, 순서를 정해 골고루 먹이고 키워 냈다. 기우만은 사람이 개만도 못하여 재산을 두고 부모와 자식, 형과 아우가 반목하며 도와주지 않는 세상이 되었다고 개탄하였다.

이륙의 개로부터 400년 뒤인 기우만의 개도 사람보다 나았다. 그렇다면 기우만의 개가 나온 지 100년 지난 지금은 세태가 어떠한가. 돌아볼 일이다.

형제의 우애와 개의 우애

남공수

고은古隱(영양英陽)의 집안사람 남상규南尙圭는 근실하고 신중한 사람인데 일찍 부친을 잃고 아우 셋과 노모를 모시며 함께 살았다. 물풀에 노니는 오리처럼 서로 화락하여 마을에서 칭찬받았다.

이들 형제가 암캐 두 마리를 키웠다. 하루는 형의 개가 새끼 넷을 낳았는데 종기가 심하게 나서 젖을 먹이지 못하였다. 하룻밤이 지나도록 새끼들이 캥캥거리는 소리가 끊어지지 않았다. 듣는 사람이 귀를 막을 정도였다.

잠시 후 갑자기 우는 소리가 점차 그치기에 나가서 보았다. 아우의 개가 와서 형의 개가 낳은 새끼를 껴안고 눕자, 새끼가 젖에 붙어 쪽쪽 빨았다. 마치 제 새끼인 것처럼 한참 빨리고 나자 젖이 점차 돌아 부드럽게 나왔다. 이

76

에 새끼 네 마리가 살아날 수 있었다. 어미 개도 조금 후 차도가 생겼고, 그제야 새끼 생각이 들었는지 머리를 들더니 제 새끼를 물고 갔다. 그리고 젖을 먹이던 아우 개는 아쉬운 듯이 하였다. 이에 주인이 아우의 개를 깨우쳐 말했다.

"네가 저 새끼에게 젖을 먹였다 하더라도 저쪽이 어미다. 네 어찌 그 사랑을 독차지할 수 있겠느냐?"

그리고 새끼 둘을 나누어 맡겼다. 이후로 개가 모두 사람의 뜻을 알아들은 듯 마침내 시기하거나 의심하지 않았다.

아, 기이한 일이다. 저 개는 미천한 가축이다. 지각이 다른 동물과 차이가 있는 것은 아니지만 단지 사람에게 길러져 가장 가까이 지낼 뿐이다. 이 때문에 감응을 쉽게 함이 평범한 가축에 비할 바가 아닌 것이다. 고금의 일을 살펴보면 의로운 개나 효성스러운 개와 같은 것이 종종 있지만, 대신 젖을 먹이는 기이한 일은 들어보지 못했다. 이는 북평왕의 젖 먹이는 고양이와 대충 비슷하다. 어찌 우연이라고만 하고 말겠나? 이를 노래로 지어 부른다.

> 안풍安豊의 선비가 효성스럽고 자애로워
> 젖 먹던 개에게 닭이 와서 먹이를 먹였네.
> 강주江州의 피붙이는 함께 밥을 먹었기에
> 개가 한 마리가 오지 않으면 찾느라 짖었지.

아, 순박함이 사라지자 다투어 교활하게 처신하니
누가 은거하여 수양하면서
나의 천륜을 즐길 수 있으랴.
상규 군과 같은 이는 과연 몇 사람이 되겠는가?
아, 개야, 너만 성품이 어진 것은 아니란다.

허연 눈썹의 바닷가 노인네가 쓴다.

—— 남공수南公壽, 「구상유설」狗相乳說, 『영은문집』瀛隱文集 권3

• 개가 제 새끼가 아닌 다른 새끼에게 젖을 먹이는 일은 조선 시대 기록에서 제법 발견된다. 남공수南公壽(1793~1875)의 글에도 이런 사례가 보인다. 남공수는 본관이 영양英陽이고 자는 치도穉道, 호는 영은瀛隱이다. 벼슬길에 나아가지 않고 향리인 영해寧海에 살면서 향약鄕約을 실현하는 데 진력한 문인이다.

이 글은 「개가 서로 젖을 먹인 이야기」(狗相乳說)이다. 남공수와 같은 집안사람 남상규의 집에서 키우는 개는 사람으로 치면 아우가 형의 아이를 키운 것과 같은 일을 하였다. 그 사연을 적고 이를 압축하는 운문을 한 편 붙였는데, 측은지심이 있는 동물의 사례를 먼저 들었다. 안풍의 닭은 당나라 때 문인 한유의 장편 고시 「아, 동생이여」(嗟哉董生行)에 나오는데 해당 부분만 보인다.

집에 새끼 낳은 개가 먹이 구하러 나가자
닭이 와서 그 새끼에게 먹이를 먹여 주네.
닭이 뜰에서 벌레 쪼아 먹으라고 주었지만
강아지가 먹으려 않고 울음소리가 구슬프네.
닭이 머뭇머뭇 한참 떠나지 못하다가
날개로 덮어 주며 어미 개 돌아오기 기다렸네.

이 시 제목의 '동생'董生은 동소남董召南으로, 당나라 때

의 은자이며 주경야독하면서 부모를 섬긴 인물이다. 그의
집에 젖을 먹이는 어미 개가 있었는데 어미가 먹이를 구하
려고 밖에 나간 사이에, 닭이 와서 그 새끼를 돌봐 주었다.
벌레를 물어다 주고, 날개로 덮어 주기도 하였다. 한유는 동
소남의 효심에 감화받은 닭이 이런 특이한 행동을 한 것이
라 하였다.

그리고 강주의 개는 남당南唐 때 사람 진포陳褒의 고사에
보인다. 진포는 10대의 가족이 한 집에 살면서 함께 밥을
먹었고 이를 배운 그 집의 백여 마리의 개도 다른 개가 올
때까지 기다렸다가 밥을 먹었다고 한다.

비슷한 일을 두고 사람들이 생각하는 것은 조금 다르다.
앞의 글「다른 새끼를 함께 거두어 키운 개」에서 이륙은 친
생자가 아니라 하여 차별하는 세태를 떠올렸고, 「구유설」을
쓴 기우만은 형제가 반목하는 현실을 개탄하였다. 이에 비
해 남공수는 남상규 형제의 우애가 개에게까지 미친 결과라
고 여겼다. 남상규 형제의 우애가 개를 감화하여 조카뻘 강
아지에게 젖을 먹이게 된 것이라 하였다.

• 이처럼 기이한 행동을 보이는 개가 있으면 늘 그 주인의
기이한 행적으로 연결하는 것이 조선 시대 문사들의 일반적
인 생각이었다. 경상도 영주 출신의 문인 이인행李仁行(1758
~1833)도 강봉문姜鳳文(1735~1815)이라는 알려지지 않은

사람을 위해 「옥계처사 강군 묘지명」玉溪處士姜君墓誌銘을 지을 때 그의 효행을 중심에 두었고 이를 더욱 잘 드러내기 위해 그 집의 특이한 개를 끌어들였다.

강봉문은 효심이 깊었는데 약관의 나이에 모친상을 당하자 3년 동안 죽만 먹었다. 모친이 살아생전 등창을 앓았는데 의원의 말로 뱀을 달여 만든 환약이 꼭 있어야 한다고 하였다. 마침 그때가 한겨울이었는데도 강봉문은 넓은 자갈밭으로 가서 뱀을 찾았다. 갑자기 검은 껍질에 흰 문양이 있는 뱀이 마당 곁 뽕나무 사이에서 꿈틀거리는 것이 보였다. 마침내 환약을 만들어 올리니 병이 조금 차도가 있었다.

한번은 강봉문 이웃의 개가 젖을 먹이다가 범에게 물려 죽자 그 집에서 그 새끼를 버렸다. 강봉문은 측은히 여겨 말했다.

"그 살아 있는 놈을 구해야 옳다. 되지 않으면 그만이지만, 살아 있는 동물을 어찌 차마 버리겠는가?"

새끼를 데리고 돌아가 죽을 끓여 핥아먹게 했다. 그 집에 개가 있어 그 새끼를 안고 보듬자 젖이 갑자기 나왔고, 이에 그 새끼가 온전하게 살 수 있었다. 사람들이 다들 기이하게 여기고 왕상王祥의 잉어, 동소남의 닭과 비교했다. 고을의 이웃 사람들이 감영에 이 일을 보고하려 하자, 강봉문은 놀라며 말했다.

"이는 우연일 뿐입니다. 효도라는 이름을 어찌 촌뜨기가 훔칠 수 있겠습니까? 만약 그리하신다면 저는 모친을 업고 도망갈 것입니다."

이에 더 이상 일이 진척되지 않았다. 모친상을 당했을 때 예순이 넘은 나이인데도 예법보다 과도하게 슬퍼하였고 장례와 제례를 『주자가례』朱子家禮대로 했다.

효성이 지극한 강봉문의 효행에 감화된 개가 다른 새끼에게 젖을 먹이는 기이한 행동을 했다고 하였다. 어미를 잃은 개를 버리지 않고 죽을 끓여 먹인 강봉문의 인자한 마음도 한 자락 보태었다.

그런데 이인행은 이를 두고 앞서 본 동소남의 닭과 왕상의 잉어에 빗대었다. 진晉나라 사람 왕상이 살아 있는 물고기를 먹고 싶어 하는 계모를 위해 추운 겨울 강에 가서 옷을 벗고 얼음을 깨어 고기를 잡으려 하자 두 마리의 잉어가 튀어 올랐다는 고사가 있다. 잉어가 왕상의 효심에 감화되어 제 몸을 내어놓았다는 것이다.

강봉문의 개도 조선의 아름다운 고사가 되기에 충분하다. 세상에 자신의 효성이 알려지는 것이 위선처럼 보일까 하여 관아에 보고하려는 것을 말린 그의 마음을 보면, 강봉문은 진정한 효자였음에 틀림없다.

• 닭도 개에 못지않은 측은지심이 있었다. 김정국金正國 (1485~1541)의 「척언」摭言에 의로운 닭 '의계'義鷄 이야기가 보인다.

백형伯兄이 이호梨湖에 살고 있을 때 암탉 몇 마리를 키웠다. 암탉 하나가 열대여섯 마리 병아리를 낳았다. 병아리가 막 부화하여 털이 채 마르지 않았을 때 암탉이 고양이에게 물려 죽고 말았다. 병아리들이 흩어져 울며 다니다가 저녁이 되자 더욱 슬피 울었다. 다 함께 머리를 낮추고 눈을 감은 채 기진맥진한 것 같았고, 심지어 땅에 엎어져 숨이 끊어지려는 놈도 있었다.

이때 다른 암탉 한 마리가 밖에서 활개를 치면서 왔다. 병아리를 둘러보고 측은한 마음이 든 것처럼 하더니 갑자기 앞으로 날개를 펼쳐 감쌌다. 병아리 중에 조금 혼자 움직일 수 있는 놈들은 부르는 소리를 듣고 다투어 날개 밑으로 들어갔다. 거의 숨이 끊어질 듯하여 혼자 움직이지 못하는 놈들은 사람을 시켜 날개 밑에 넣어 안기게 하자, 병아리들이 둥지에서 편안해졌다.

이튿날 병아리들이 둥지에서 나오는데 다들 다시 살아나 있었다. 마당에 알곡을 뿌려 주니 모두 활개를 치면서 펄쩍 뛰고 모이를 쪼아 먹었다. 어미 닭은 이로부터 매일 일상으로 병아리를 안아서 키웠다. 병아리들은 마침내 다 자랄 때

83

까지 한 마리도 잃게 된 일이 없었다.

백형이 무척 기이하게 여기고 '의계'라 부르며, 오래도록 잡아먹지 않고 돌보았다. 그러나 한참 뒤 어느 날 한밤중에 사나운 고양이인지 모를 것이 채 가 버렸다. 사람을 시켜 찾아 묻어 주려 하였지만 끝내 찾지 못하였다고 한다.

동물의 품성이 편벽하기는 하지만 또한 영통한 데가 있으니, 만물의 영장인 사람이 되어서 동물에게 부끄러운 점이 많다. 마땅히 공자孔子께서 말씀하신 사람이 새만도 못하다는 탄식을 상기해야 할 것이다.

김안국金安國(1478~1543)이 여주의 이포梨浦에 살았는데 그 집에 의로운 닭이 있어 아우 김정국이 이렇게 기록으로 남겼다. 김안국은 본관이 의성義城이고 자가 국경國卿, 호가 모재慕齋이며 벼슬은 판중추부사에까지 올랐으며, 그 아우 김정국은 자가 국필國弼이고 호가 사재思齋이며 동지중추부사를 역임하였다. 이들 형제는 학문과 문학, 교육, 외교 등 다방면에 큰 업적을 남겼다.

이륙은 사람이 개만 못하다고 개탄했는데 김정국은 사람이 새만 못하다고 하였다. 공자가 "저 새도 머물 곳에서 머물 줄을 아는데, 사람으로서 새만도 못해서야 되겠는가!"라고 한 말이 『대학』大學에 보인다. 사람이 개만 못한 것도 개탄할 일인데 공자가 살던 시대부터 사람이 새만도 못하다는 비아냥이 있었다.

• 성호 이익은 닭을 직접 키웠고 또 닭에 대한 기록도 풍
성하게 남겼다. 자신이 키우던 갸륵한 닭이 있어 '우계'友雞
라 하고 「우계전」友雞傳이라는 동물의 전기를 지었다.

　내가 어미 닭 한 마리를 길렀는데 성질이 매우 자애로웠다.
병아리들이 조금 자란 뒤에 다시 낳은 알을 부화시켜 키웠
는데 큰 병아리도 함께 먹이를 가져다 먹였다. 큰 병아리는
갓 날개가 돋았고 작은 병아리는 아직 솜털이 붙어 있었다.
하루는 밤에 어미 닭이 들짐승에게 잡아먹히고 큰 병아리
도 물려갔다. 큰 병아리 중 암놈 하나는 용케 달아났지만
머리와 날개의 털이 빠지고 병들어 먹이를 쪼지도 못했다.
그런데 다른 어린 병아리들이 울어 대며 어미를 찾는 것이
몹시 가련하였다. 이때 큰 암놈 병아리가 병이 조금 낫자
즉시 다른 어린 병아리들을 끌어다 품었다.
　집식구는 처음에 이를 우연이라고 여겼지만 얼마 후에도
큰 암놈 병아리가 먹이를 얻으면 반드시 다른 어린 병아리
를 불렀다. 돌아다니면서 꼬꼬댁 우는 소리가 뜰과 섬돌을
떠나지 않았다. 어떤 때는 날갯깃을 펼쳐 사고를 방비하기
도 하였다. 어쩌다 어린 병아리를 잃어버리기라도 하면 황
급하게 찾아다니고 미친 듯이 풀쩍 뛰어다녔다. 어린 병아

리와 큰 병아리가 모두 서로 자애로워 하나같이 친어미, 친자식인 듯이 하였다. 해를 입을까 염려해 사람 가까이 있고 처마 밑에서 잠을 잤다.

마침 큰 장마가 수개월 계속되던 때였다. 두 날개로 병아리를 덮어 젖지 않도록 하였는데, 몸집이 작아 다리를 굽히지도 못하고 똑바로 서서 밤을 보냈다. 여름과 가을에도 한결같이 하였다. 보는 이들이 감탄하여 그 이름을 '우계'友雞라고 하였다.

무릇 착하지 않은 사람이 있으면 곧바로 경계하여 "닭을 보거라, 닭을 보거라"라고 하면 다들 부끄러워하며 기가 죽지 않는 일이 없었다. 이 때문에 닭이 곳간의 쌀을 쪼아 먹어도 차마 내쫓지 못하였다. 사람들에게 미쁨을 받는 것이 이와 같았다.

병아리들이 주먹만 한 크기로 자랐는데 암놈 큰 병아리는 아직 어리고 약했지만 여전히 먹이를 먹이고 날개로 덮어주는 일을 그만두지 않았다. 이 때문에 그 자신도 병들고 말았다. 큰 병아리가 한데서 애쓰느라 탈이 난 것을 사람들이 더욱 가엾게 여겼다. 그러나 들짐승이 몰래 엿보고 있는 것은 전혀 알아채지 못하였고 마침내 깜깜한 밤중에 이 암탉을 잃어버리고 말았다. 집식구가 뒤쫓았으나 잡지 못하였다. 오직 꺾이고 떨어진 깃털이 산길 사이에 흩어져 있었다. 내가 마침 밖에 있다가 돌아와 이 소식을 듣고는 눈물이 흐를 듯했다. 혹 그 남은 뼈다귀가 있을까 해서 두루 찾아보았으나 없었다. 이에 깃털을 수습하여 관을 만들어 산에 장사 지냈다. 그리고 '우계총'友雞塚이라고 하였다.

아, 자고로 동물도 본성이 발현될 한 가닥의 길은 통해 있다고 말한다. 이를테면 까마귀가 자식 노릇 하고 벌이 신하 노릇 하는 것은 그 가운데 가장 두드러진 일이다. 그러나 벌은 본래 무리를 떠날 수 없으므로 이해를 함께하는 것이고, 까마귀도 어미가 길러 준 은혜에 보답하기는 하지만 형제 우애의 도리에 이르러서는 천고에 그런 일을 전혀 볼 수 없다.

우애라는 것은 부모를 미루어 형제에게 미치는 것으로, 사람들에게서도 찾아보기가 어려우니, 하물며 동물에게 어찌 기대하겠는가? 대체로 사람들이 선행을 하는 것은 선각자가 이끌어 주거나 풍속이 교화를 이룬 데 힘입은 것인데, 어쩌다 이름 얻기를 좋아하여 외양만 꾸민 것이고 그 마음은 어떠한지 알지 못하는 경우도 있다. 지금 이 암놈 병아리는 누구에게 배우고 누가 가르쳐 주었단 말인가! 또 무엇을 위해 겉을 꾸몄겠는가!

사람의 행실 규범은 본래 어른과 아이의 구분이 있으므로 두루 알고 널리 행하는 것은 어린아이에게 요구할 수 없고, 또 처음과 끝이 달라지는 것을 면치 못하기도 한다. 그런데 지금 이 큰 병아리는 어린 병아리 곁을 떠나지 않고 시종

게으름 없이 돌보았으니 어찌 이리도 기이한가?

내가 듣기로, 태어나면서부터 아는 자를 성인이라고 하는데 이놈은 동물 가운데 성스러운 것인가? 천성대로 행하는 분이 성인인데, 짐승이면서 사람의 행실을 하니 이 큰 병아리는 편협한 기질에 얽매이지 않은 것인가?

그러나 이놈은 공을 이루고도 몸이 죽임을 당해 보은을 입지 못하였다. 그 이치는 이미 통달하였지만 운수의 한계를 만난 것인가! 사람은 요절하더라도 미성년의 제례를 따르지 않고 제대로 장례를 치르는 경우가 있으니, 동물 또한 비슷한 예우가 있을 수 있겠다. 길가에 이 큰 병아리를 장사 지낸 것은 사람들이 왕래하면서 보고 느끼라는 뜻이다.

작은 병아리를 돌본 큰 병아리를 두고 이익은 '우계'라 이름을 붙였다. 이 큰 병아리는 제 몸을 희생하면서까지 아우를 돌보다가, 기운이 빠져 짐승에게 잡아먹히고 말았다. 이에 그 뜻을 기려 우계총을 세웠다. 그 뜻이 우애 없는 인간을 각성하게 하기 위함이었거니와, 이익이 남긴 이 글이 지금 사람까지 그 행실을 돌아보게 한다.

새끼 없는 개가
다른 새끼를 키운 이야기

황반로

예전 북평왕의 고양이가 서로 젖 먹였다더니
이제 보니 김 생원 집 개가 서로 젖 먹였다지.
그 고양이 두 마리가 함께 태어나 한 마리가 죽자
산 놈이 무단히 다른 새끼 거두어 보호했다더니,
지금 이 집의 개는 그 고양이와 달라서
애초 새끼 키우지 않아 젖이 말라 있었다지.

같은 집에 사는 개가 새끼 셋을 낳아서
그 어미가 안고 그 새끼에게 젖을 잘 먹였는데,
하루는 밖에 나갔다 다시 돌아오지 못했으니
사람에게 맞았나 범에게 물렸나 연유를 몰랐다네.

새끼들이 낑낑거리며 울기를 그치지 않고
사방으로 흩어져 달리다 자빠지고 엎어졌건만,
마을의 개는 돌아보기만 하고 무시하기도 하는데
그중에서 어떤 한 놈이 머리 숙이고 빤히 보다가,
측은한 마음이 있는 듯이 기색이 처연하더니
새끼 물고 제집에 데려가길 세 차례나 하였다네.

옆에 누워 어미인 것처럼 안고 젖을 먹이니
새끼들이 머리 쳐들고 어미인 양 젖을 빠는데,
멈출 새 없이 빨아 대도 이 개는 요지부동
온 정신을 집중하는지 멍하니 그냥 있지만,
젖줄이 막혀 있어 급작스럽게 풀리지 않더니
새끼가 핥아 대자 털이 빠지고 피까지 나왔다네.
아픈 상처를 애써 참고 살살 문지르자
말랐던 젖이 시원하게 쏟아져 흐르니,
새끼 세 마리가 배가 차고 나서야 쉬고
팔짝팔짝 활기차게 뛰며 탈 없게 되었지.
새끼가 어미 보듯 어미가 새끼 보듯
날마다 또 날마다 새끼를 데리고 다녔다네.

과연 무슨 까닭으로 이리 된 것인가?
그 본원을 따져 내 이렇게 설명하리라.

사람과 동물이 오상五常의 천성 함께 타고나
편벽하고 잡박함이 서로 조금 다르기는 하지만,
가축 중에는 개도 역시 그중에 하나라
인仁과 의義를 천성으로 깨친 것이 아니겠나.
개도 가끔 한 점 밝은 데가 있어서
스스로 깨친 듯 고단한 새끼 돌보아 준 것이라네.
어쩌다 주인집의 훈훈한 가법을 만나면
미물조차 감응하여 서로 맞이하게 된다지.
동소남의 닭과 강주의 개는
법도가 있는 듯 밥 먹지 않고 기다렸다지.

지금 김 생원은 옛것을 사모하는 사람인데
그 부친과 조부의 덕이 그 바탕이 된 것이라.
목마른 자에게 물 주듯 궁한 자를 구제하고
봄비가 내리듯 고단한 이를 길러 주었다네.
덕과 인이 쌓여 지금껏 전범이 되었고
선행이 쌓여 두루 길상이 베풀어진 것이라.
개도 감화를 받게 된 동물의 하나라
부르고 답하듯 가축에게 감응이 일어난 것.
그런지 아닌지 이치를 따지기 어렵지만
대개 선행을 하면 필시 보답을 받는 법.
고금의 감응은 이와 같음이 있으니

자칫 의심하여 잘못을 범하지 말기를.

세상에 주린 자 깨무는 놈들 얼마나 많은가
친한 관계라도 길 가는 사람 보듯 박대한다네.
심지어 외로운 사람에게 온갖 잔학한 짓까지 하니
도대체 무슨 마음으로 천리天理를 거스르는가?
사람으로 태어나서 개만도 못하구나
이런 개는 절로 선량한 것 아니요 주인 때문이라네.

내 동소남 같은 행실을 시로 지으려 해도
한유韓愈의 큰 솜씨가 아니라 부끄럽네.
아, 지금 생원의 일은 필적할 데가 없으니
북평의 고양이를 굳이 거듭 감탄할 것 있겠나.
태사太史는 민풍을 보고 시詩를 올리는 관리인데
자사刺史의 추천이 어찌 그리 더뎠던가?
효성과 인자함을 하늘이 알아주리니
선하면 길한 것은 이치에 맞으리라.

— 황반로黃磻老, 「김제언가구상유가」金濟彦家狗相乳歌, 『백하집』白下集
권2

• 다른 새끼에게 젖을 먹인 개 이야기가 제법 전하는 것을 보면 아주 희귀한 일은 아니었던 모양이다. 황반로黃磻老(1766~1840)도 「김제언의 집 개가 젖을 먹인 노래」(金濟彦家狗相乳歌)를 지어 한유가 말한 고양이보다 나은 경상도 의성義城의 기특한 개를 소개하였다. 이 개는 출산 경험이 없어 젖이 나오지 않았지만 다른 새끼를 살려야겠다는 측은지심을 가졌기에 드디어 젖이 나와 잘 키울 수 있었다.

황반로는 본관이 장수長水이고 자는 숙황叔璜, 호는 백하白下 또는 평와平窩이며 선산에 세거한 문인이다. 그의 사위가 김양정金養楨(1785~1847)이다. 김양정은 본관이 안동으로, 자가 제언濟彦이고 호는 정암定菴이다. 정종로鄭宗魯의 제자로 문집 『정암집』定菴集을 남긴 학자다.

김양정은 딸 하나만 낳고 아들을 두지 못하였으며 어쩔 수 없이 아우의 아들 김노선金魯善(1811~1886)을 양자로 들였다. 그가 기른 개도 제 배로 새끼를 낳지 못하였다. 제 새끼가 아닌 줄 분명히 알면서 다른 새끼를 키웠던 것이고, 출산 경험이 없기에 젖이 나오지 않음에도 억지로 젖을 내어 다른 새끼를 먹였다. 양자를 키운 정성이 절로 연상된다.

앞서 본 대로 북평왕의 고양이는 다른 새끼에게 젖을 먹였고 동소남의 닭은 같은 집 강아지에게 먹이를 먹였다. 또 강주 진포의 개는 다른 개가 올 때까지 기다렸다가 밥을 먹었다. 황반로는 북평왕의 고양이, 동소남의 닭, 진포의 개가 모두 주인의 감화를 받은 것이라 하였다.

중국 주나라 때 고瞽와 사史라는 관직이 있었는데, 고는 태사太師로서 임금을 곁에서 모시고 송시誦詩와 풍간諷諫을 맡았고 사는 태사太史로서 천문을 맡았다. 한유는 동소남이 살던 고을의 자사가 그의 효행을 조정에 보고하지 않아 표창되지 못한 것이 안타까워 시를 지었다. 황반로는 조선의 한유가 되어 자신의 시를 통해 김양정의 조부와 부친이 이룬 아름다운 행실이 반드시 보답받을 날이 있기를 축원하였다.

김양정은 장인이 쓴 이 시를 보고 계면쩍었던 것 같다. 이런 특이한 개가 나타난 것이 과연 상스러운 조짐인가, 질문을 던졌다. 「개가 서로 젖 먹이는 일을 해명하다」(狗相乳解)라는 글이 이래서 지어진 것이다.

집에 젖먹이 개가 있는데 새끼 낳고 사흘도 되기 전에 먹이를 구하러 나갔다가 돌아오지 못하였고 어디에서 죽었는지는 알 수 없었다. 그 새끼가 어미 따라 죽게 될 날이 얼마 남지 않은 것 같았다. 캥캥 우는 소리가 제 어미를 찾는 듯하더니 개집 바깥에 엎어지고 말았다.

곁에 개 한 마리가 있었는데 새끼 젖 먹이고 키우는 것을 해 본 적이 없었다. 그런데도 새끼 개를 보고 일어나 빙빙 돌며 머뭇거리다가 달려가더니, 다시 돌아와서 그 새끼를 물고 제 집에 들여놓고 그 털을 핥고 몸을 숙여 가리고 보호하였다. 새끼들이 제 어미가 온 줄 알고 다들 붙어서 그 젖을 빨았고, 이에 없던 젖이 나오게 되었다. 달포 지나자 모두 살아서 잘 컸고, 또 서로 따라다니는 것이 친어미 친자식과 다름이 없었다.

아, 또한 개 가운데 특이한 놈이다. 부인네나 아이들조차도 모두 그것이 상서로운 조짐이라 하였다. 그러나 내가 알기로 개는 사람이 기르는 것이요, 또 인의仁義를 천성으로 타고난 동물도 아니다. 그러니 어찌 사람처럼 삶을 좋아하는 호생지덕好生之德과 고아를 구휼하는 인자함이 있을 수 있겠는가? 그런데 지금 이러했으니 이는 알 수 없는 일이다. 알 수 없다면 이를 상서로운 조짐이라 할 수 있겠는가?

비록 그러하나 예전 강주의 집안에 다른 개가 오지 않으면 밥을 먹지 않은 기이함이 있었고, 동소남의 마당에는 닭이 먹이를 먹여 주는 상서로움이 있었다. 이는 길러 준 사람에 의해 감화를 받은 것이다. 길러 준 주인이 보통 사람보다 낫다면 하늘이 그 미물을 가지고서 종종 영험함을 드러내기도 하니 과연 상서로운 조짐이 아닌 것은 아니다. 만약 지금 이 개의 주인이 된 사람이 평소 의義를 행하여 하늘과 사람이 알아줄 만한 것이 있지 않았는데도 갑작스럽게 저 개의 기이함만 보고서 급히 동일시한다면 상서로운 조짐이라고 할 수가 있겠는가?

마침 백하白下 어르신이 이 일을 보고 심히 기이하게 여기셨다. 이에 그 일을 노래하여 개가 서로 젖을 먹인 노래를 지어 내게 주셨다. 그러나 돌아보니 감당할 수 없어서 이에 개가 서로 젖을 먹인 일을 글로 지어 해명하는 바이다.

김양정의 아내와 양자로 들인 아들이 이 개의 특출한 행동을 보고 상서로운 조짐이라 하였다. 그러나 김양정은 반론을 제기하였다. 호생지덕은 『서경』書經의 순舜임금이 백성의 생명을 존중하는 덕을 지녀 민심을 흡족하게 하였다는 데서 나오는 말이고 고아를 구휼함은 『대학』에서 "윗사람이 고아를 구휼하니 백성들이 저버리지 않는다"에 보이는 말이다. 개가 이런 마음을 가질 수는 없으니, 이해할 수 없고 그래서 상서로움의 조짐이 될 수 없다고 하였다. 그리고 주인에게 감화되어 의로운 행동을 한 개가 없지는 않지만, 자신은 진포나 동소남의 우애와 효성을 지니지 못하였으므로, 상서로움의 조짐으로 받아들일 수 없다고 하였다.

이렇게 스스로 해명하는 글을 지었으니, 김양정은 남들보다 훨씬 뛰어난 우애와 효성을 지니도록 노력했을 것임이 분명하다. 그리고 양자 김노선도 훌륭한 학자로 키워 내었다. 김노선은 진사시에 합격하고 향교鄕校의 교장이 되어 「백록동규약」白鹿洞規約과 「남전향약」藍田鄕約을 도입하여 시행에 힘썼으며, 문집 『기계집』奇溪集을 남겼으니, 자식 농사가 괜찮았다고 하겠다.

고양이에게 젖을 먹인 개

권헌

좌랑左郞을 지낸 장인 댁에 같은 날 젖을 먹이게 된 개와 고양이가 있었는데 그중 고양이가 죽어 버렸다. 그 새끼 하나가 슬피 울며 펄쩍 뛰었다. 굶주림이 날로 더욱 심해지자 엉금엉금 기어서 개 젖꼭지를 찾았다. 개가 처음에 깨물려는 듯이 사납게 대하다가 나중에는 불쌍히 여기고 가서 핥아 주었다. 마침내 나날이 더욱 친해져 제 새끼와 함께 젖을 먹였다. 좌랑께서 말씀하셨다.

"저 개와 고양이는 다른 종류다. 또 미워하고 싸우는 본성을 타고난 놈들이다. 어찌해서 젖을 먹인단 말인가?"

아, 예전 북평왕의 집안의 법도가 크게 행해져 부자와 형제가 단란하였고, 이 때문에 고양이도 또한 감화받아 다른 새끼에게 젖을 먹였다. 지금 저 개와 고양이는 모두 공이 기르던 놈들이라, 공 또한 기르던 놈에게 무슨 마음이 미친 것일까? 아, 나는 안다. 공의 아들 넷이 모두 죽었고 집안의 조카도 죽어 버려, 같은 성의 조카를 양자로 들였다.

"나는 위로 부모가 없고 아래로 형제가 없네. 외롭고 불안하여 하루도 기쁜 날이 없었네. 남의 아들이나 조카, 형제가 함께 살면서 즐거워하는 것을 보면 쓸쓸하여 마음이 아프지 않은 적이 없었다네."

말씀이 이와 같았으니 기르는 짐승에게 감응이 있었음을 또한 알 수 있다. 비록 그러하지만 슬픔이 동물을 감응하게 하는 것은 어려운 일이요, 어진 마음이 동물을 감화하는 것은 쉬운 일이다. 고양이가 서로 젖을 먹인 일은 전례가 있지만 고양이가 개의 젖을 먹은 일은 참으로 기이하다. 북평왕의 인仁은 쉽게 믿음을 얻었던 데서 나온 사례지만 공의 개는 슬픔이 감화를 일으키기 어려운 데서 나온 것인지라 더욱 슬퍼할 만하다. 내가 그 일을 듣고 슬퍼하고 그 사실을 적어 애도하며, 그 기이함을 기록하고 그 설을 지어 좌랑 공의 뜻을 위로한다.

— 권헌權攇, 「견묘유설」犬貓乳說, 『진명집』震溟集 권9

• 개는 같은 개가 아닌 고양이도 거두어 젖을 주기도 하는
가 보다. 충청도 한산 출신의 권헌權攇(1713~1770)의 처가
에 그러한 일이 있었다. 권헌은 자가 중약仲約이고, 호가 진
명震溟이며, 본관은 안동이다. 벼슬은 현감에 그쳤지만 문장
이 뛰어났다.

　「개와 고양이가 젖을 먹인 이야기」(犬貓乳說)의 사연은 이
러하였다. 이런 기이한 일은 장인 이언신李彦信으로 인한 것
이었다. 그런데 앞서 본 대로 북평왕의 효행과 우애에 감화
를 입어 그 집의 고양이가 다른 새끼에게 젖을 먹였다. 이
에 비해 이언신은 아들이 넷 있었지만 모두 일찍 죽고 조카
마저 살아 있지 않아 성만 같은 아이를 데려다가 양자로 삼
았다. 장인 자신도 일찍 부모를 여의고 형제도 없어 참으로
고단한 신세였다. 다른 사람들이 대가족을 이루며 단란하게
사는 것을 보면 슬픔에 젖지 않을 때가 없었다. 권헌은 이렇
게 외로운 주인의 처지를 가련히 여긴 개가 고양이 새끼까
지 거둔 것이라 하였다. 주인의 사랑과 믿음이 동물을 감화
하는 것은 쉽지만 주인의 슬픔에 동물이 감응하는 일은 어
렵다고 하였으니, 개조차 장인 이언신을 가련히 여긴 것이
라는 뜻이다. 이 글을 읽는 이까지 슬픔에 젖게 한다.

3장 개의 우애와 효심

〈견도〉犬圖(꿩 깃털을 물고 있는 강아지Puppy Playing with Pheasant Feather)〔부분〕,
이암李巖(1499~?), 조선, 견본담채, 31.1㎝×43.8㎝,
미국 필라델피아 미술관 소장(1959-105-1)

기다렸다 함께 밥 먹는 개

강재항

　현종 신해년에 이옹李翁이 막 집안일을 주관하게 되었는데 이때 팔도에 큰 기근이 들었다. 옹은 내외 친척 남녀 72명을 청하여 집에 모이게 하고 말했다.

　"흉년이 들었는데 우리 집은 재물과 곡식이 다행히 여유가 있소. 내가 이러한 때에 자산을 경영하여 전택田宅을 사기만 하고 골육의 굶주림을 구하지 않는다면 하늘과 땅속의 선조들이 나에게 무엇이라 하겠소?"

　이에 아침저녁 죽을 끓여 함께 1년을 보냈고 여러 친척이 모두 편안하였다. 이옹이 또한 사람을 시켜 각기 개 한 마리를 사육하게 하였는데 밥때가 되어 개 한 마리라도 오지 않으면 여러 개가 그 때문에 밥을 먹지 않았다.

　학가산鶴駕山에 도둑 떼 수백 명이 있었는데 큰 나무를

잘라 길 곁에 세워 두고 그 면을 희게 하여 이렇게 적었다.

　"이씨 집안의 개 72마리 중에 한 마리가 이르지 않으면 여러 개가 그 때문에 밥을 먹지 않으니, 이는 의로운 개다. 만약 이씨 집을 턴다면 한 마리가 짖을 것이고 그러면 여러 개가 반드시 다투어 짖을 것이니, 조심하여 범하지 말라."

──　강재항姜再恒, 「장사랑이옹전」將仕郎李翁傳, 『입재유고』立齋遺稿 권19

• 경상도에 특이한 개가 많았다. 경상도에 그런 개가 많아서 그런 것인지, 경상도 문사들이 특별히 이를 적극적으로 글로 많이 남긴 것인지는 알 수 없다. 아무튼 경상도 봉화奉化 법전法田 출신의 문인 강재항姜再恒(1689~1756)이 남긴 글에도 우애 깊은 개 이야기가 보인다.

강재항은 본관이 진주晉州고 자는 구지久之, 호는 입재立齋 혹은 뇌풍거사雷風居士라 하였다. 윤증尹拯의 문인으로 벼슬보다는 학문으로 이름을 떨친 인물이다. 이 글은 이지李址(1628~1688)의 삶을 압축한 「장사랑 이옹의 전」(將仕郎李翁傳)에 나오는 내용이다. 이지는 본관이 경주慶州고 호가 대박자大朴子인데, 무오사화戊午史禍에 희생된 용재慵齋 이종준李宗準의 6대손이다. 그 부친 이재현李再炫이 삼취 끝에 아들 이달시李達時를 낳았다. 이지는 그의 서형庶兄이다. 이달시가 어려서 홍역에 걸렸는데 이지가 그를 주야로 안고 보살펴 닷새 만에 소생하게 되었다. 이후 적실의 아우 이달시가 처를 맞이하자 그간 밀봉했던 재산 문서를 그에게 전하고, 자신은 아내와 함께 하인이 살던 우천牛川이라는 산골로 들어가 살았다. 이지가 적서의 차별에도 불구하고 아우를 극진하게 도왔으니, 적실 양반 출신에게는 부러운 서자였을 것이다. 이런 미담이 알려져 이광정李光庭이 묘지명을 짓고 강재항은 전傳을 지었다.

여기에 그가 기르던 개 이야기가 삽입되어 있다. 신해년

(1671) 대기근에 이지는 72명의 일가를 구휼하였는데, 이에 그 집의 개들도 감화받아 특이한 행동을 보였다. 일가 72명이 각기 개를 길렀는데 개들도 밥때가 되면 함께 모여 먹었다. 이 때문에 학가산의 도적 떼가 감히 이 집을 털 생각을 하지 못했다.

앞서 본 대로 남당南唐의 진포는 10대가 한집에 살아 종족이 700명에 이르렀는데 식사 때마다 넓은 자리를 마련하고 노소가 차례로 앉아 함께 밥을 먹었고, 백여 마리의 개들도 한 우리에 살면서 함께 먹이를 먹는데 한 마리라도 오지 않으면 다른 개도 밥을 먹지 않았다는 고사가 『소학』小學에 보인다. 이지는 조선의 진포라 할 만하다.

• 닭 중에도 진포의 개처럼 우애가 깊은 놈이 있었다. 유득공柳得恭(1748~1807)의 글에 이런 닭이 보인다. 유득공은 이덕무, 박제가朴齊家 등과 함께 박지원을 종유한 인물로 알려진 학자다. 그의 조부가 유한상柳漢相이다. 유한상은 본관이 문화文化고 호는 잠서蠶西다.

하루는 유한상이 아들 유금柳琴과 유운柳璉, 손자 유득공이 시를 공부하는 것을 보고 이렇게 말하였다.

군자는 효제孝悌를 먼저 하고 문예文藝를 나중에 하는 법이니, 너희가 시인으로 이름을 날리는 것은 내가 기뻐할 일이

106

아니다. 짐승도 제 새끼를 사랑하지 않음이 없는데, 오직 까마귀가 효성이 지극한 것으로 일컬어지고 있다. 그렇지만, 형제간에 우애가 있는 동물은 보지 못하였다. 내가 동자 시절에 닭을 키웠는데 기이한 일이 있었다. 사람으로서 닭만 못하다면 되겠는가? 너희가 시 짓는 것을 알고 있으니, 내가 시를 가지고 너희에게 알려 주겠노라.

그리고 시를 불러 주었고 이에 세 사람은 이를 받아써서 잘 보관하였다. 시는 이러하였다.

내 나이 열두 살 무술년에
남산 아래 집에 살았지.
글을 배워 열 번 안에 외웠는데
마침 마을 여기저기서 닭싸움이 있어
청색과 황색 색색의 닭이 마당에 가득하니
마을의 아이들이 나의 벽癖이라 말하였지.

그 가운데 암컷 한 놈이 가장 나이 많고
털 색깔이 까마귀처럼 새까만데
봄 되기 전에 일찍 알 열다섯 개를 품었지만
추위에 알 열네 개가 다 얼어 터져 버렸지.

삼칠일 스무하루 지난 후에
외로운 참새 울 듯 병아리 소리 들리는데,
이놈을 키우려 해도 알 낳는 데 방해될까
아낄 것 없다 남들이 다투어 말하였지.

인간 세상 이해득실을 어찌 따지겠나
버리면 인과 덕을 해친다고 여겼고,
위에 까마귀 솔개, 아래에 고양이가 노릴까
애지중지 돌보아 탈 없이 키웠다네.

의연히 겉모습이 제 어미를 닮았으니
대산岱山의 새매야, 붉은 털 자랑 마라.
어미와 새끼 꼬꼬댁 울며 늘 붙어 다녀
날마다 서로 따라 홰에 올랐다네.

어미가 닭장 안에 알 열일곱 개 낳았는데
어미가 내려가면 새끼가 대신 품어,
이에 다시 기른 놈이 십여 마리요
큰 놈과 작은 놈 차별 없이 키워 냈네.

깃털이 제법 자라 품에서 벗어나도
큰 놈은 유독 정이 예전 같으니,

큰 놈의 우애하는 뜻을 누가 알았으랴
어미처럼 은근하게 날개 덮어 키웠네.

아우 부르는 소리 늘 입에 붙어 있고
물 마시고 모이 쫄 때 다투지 않으니,
하나하나 아름답게 형처럼 자라도록
여전히 먹여 주며 서로 화락하였네.

닭 가운데 강굉姜肱이구나
장공예張公藝의 개도 도리어 시원찮다.
사람이 화목해서 그런 것이라 하니
기이한 일이 일시에 자자하게 전하네.
사람이 닭만 못해서야 되겠는가
상류전上留田에는 이런 짐승 없었네.

유한상이 어린 시절에 투계를 좋아하였던 모양이다. 집
에 각양각색의 닭을 키워 벽癖이 있다는 소리까지 들었다.
유한상이 열두 살 되던 1718년에 이런 일이 있었다. 가장
오래 산 검은색의 닭이 알을 열다섯 개 낳았는데 한 개만 남
기고 추위에 다 터져 버렸다. 다시 알을 낳게 하는 데 방해
가 될까 하여 남들이 남은 알 하나도 그냥 없애라 했지만,
유한상은 차마 그러지 못하고 부화하게 하였다. 이놈이 제

법 큰 후에 어미 닭이 낳은 열일곱 개의 알을 어미 대신 품어 모두 병아리로 태어나게 하였다. 사람으로 치면 큰 형이 어린 아우를 잘 키운 것이라 하겠다.

그래서 이 일을 두고 유한상은 두 아우와 우애가 지극하여 이불을 함께 덮고 잤으며, 도적을 만나자 서로 대신 죽겠다고 다투다가 모두 풀려나게 된 고사를 남긴 후한(後漢) 사람 강굉에 비하였다. 그리고 9대가 한집에 같이 살면서 우애가 돈독했던 장공예 집의 개보다 낫다고 하였다. 그런데 장공예는 수나라와 당나라에 걸쳐 살았던 사람인데 9대가 함께 살 수 있었던 비결이 '인'忍 백 번을 썼다고 말한 고사가 있다. 그러나 장공예의 개에 관한 이야기는 따로 전하지 않는다. 아마 우애가 깊었던 진포의 집 개가 기다렸다가 함께 밥을 먹은 이야기를 착각한 듯하다.

또 이 글의 마지막에 보이는 상류전은 중국의 지명인데, 옛날 상류전 사람 중에 부모가 죽은 후 어린 동생을 돌보지 않는 형이 있어, 그 이웃 사람들이 노래를 지어 형을 풍자한 한나라 때의 노래가 있었다. 상류전과 같은 흉악한 동네에는 이런 짐승이 나올 수 없지만, 가족이 화목하면 이러한 닭이 나온다는 뜻으로 유한상은 시를 지어 아들과 손자를 깨우쳐 준 것이다. 유득공은 조부의 깨우침을 「의계 이야기」(義雞說)로 남겼다.

110

• 조선 후기에 대가족의 불화와 와해가 생각보다 크고 잦았던 모양이다. 그래서 우애 있는 닭 이야기가 많은 관심을 끈 듯하다. 신필흠申弼欽(1806~1866)의 글에도 의로운 행실을 보인 닭이 소개되어 있다. 신필흠은 본관이 평산平山이고 자는 백한伯翰, 호는 천재泉齋다. 청송군 진보眞寶 사람으로 유휘문柳徽文의 문하에 출입한 학자다. 유득공의 글과 같은 제목인 「의계 이야기」는 주인과 동물의 관계에 대한 직접적인 논의가 있어 볼만하다.

집에 암탉 두 마리가 있는데 한 둥지에서 함께 알을 품기에 집사람이 섞일까 우려하여 두 곳에 나눠 놓아두었다. 그러나 새끼가 알을 깨고 나온 뒤에도 두 닭이 다른 곳에 떨어져 있으려 하지 않고 낮이면 반드시 함께 다니고 밤이면 같은 닭장으로 들어갔으며, 먹이를 주면 서로 불러 찾고 근심거리가 생기면 힘을 합쳐 막아 냈다. 새끼도 어느 놈이 제 어미인지 알지 못하였고 어미도 또한 어느 놈이 제 새끼인지 알지 못할 정도였다. 객이 이를 보고 좋게 여겨 말하였다.
"기이하구나. 이른바 동물도 사람의 천성과 가까운 것이 있다고 하더니 곧 이러한 것인가? 그러나 세교世敎가 쇠미해지고부터 세상의 이치가 하나라는 '이일'理一의 의미가 숨어 버리고 그 하나의 이치가 제각기 달라지는 '분수'分殊로 된 것이 많아졌으니, 이에 문호門戶가 분리되고 피차에 울타리를 치게 되었다.

더욱이 부녀자들보다 더 심한 폐해가 없으니 이는 그 근원이 제 자식만 자식으로 여기는 데서 발생하였다. 역사서를 들춰 보니 포강浦江 정씨鄭氏의 가범家範 외에는 그 아름다움을 보기 어렵다. 사람이 그 천성을 온전하게 함이 이처럼 어려운 법이다. 지금 이 닭은 사람이 잘하지 못하는 바를 잘하고 있다. 동소남의 닭이 어미 없는 개에게 먹이를 먹인 일과 강주 진포의 개 백여 마리가 함께 밥을 먹은 일이 이와 비슷하다. 아마도 주인의 실덕實德에 감화된 바가 있는 것 같구나."

주인이 말하였다.

"아, 어찌 이리 자네의 견해가 막혔는가? 사람과 동물이 태어남에 천지의 리理를 얻어 성性으로 삼고 천지의 기氣를 받아 형形으로 삼으니, 이는 정말 하나의 이치에서 나온 것뿐이되, 오직 그 기가 치우침과 올바름의 차이가 있다네. 이 때문에 리가 이를 따라 막히게 되고 사람과 동물의 귀천이 여기서 나뉘게 된 것이네. 천하여 동물이 된 놈은 이미 형과 기의 치우침에 질곡이 되었으니, 정말 그 바름을 얻어 그 온전함으로 통하게 된 사람과는 같을 수 없네.

그러나 성으로 삼은 소이연所以然은 천지의 리를 동일하게 받은 것이네. 리가 체體가 되는 것은 기에 구애되지 않을 수 없지만 그 용用이 되는 것은 실로 기가 막을 수 있는 것이 아니라네. 이 때문에 왕왕 형체에 구애되지 않아서 그 천기天機를 드러내기도 한다네. 정말 이와 같지 않다면『중용』에서 하늘이 부여한 성에서 어찌 대본大本과 일원一原의 성性을 볼 수 있겠으며, 주자朱子가 건순오상健順五常이라 한 것으로 또 어찌 사람과 동물을 나누지 못하고 통틀어 말해 버릴 수 있겠는가?

저 동소남의 닭과 강주의 개는 실로 사람이 감화하고 동물이 반응한 이치가 있기는 하지만, 그럼에도 또한 그 근본은 이러한 성에 따른 것이요, 이 때문에 감화를 따라서 발현한 것일 뿐일세. 동물의 선함이 있는 것이 전적으로 사람에게 매여 있고, 그 성에 매여 있지 않다고 한다면, 호랑이와 이리의 부자 관계, 벌과 개미의 군신 관계, 고니와 기러기의 형제 관계, 승냥이와 수달이 제사를 지내 보은하는 일과 물새 징경이에게 암수 분별이 있는 것은 과연 누가 감화를 주고 누가 감응을 하게 한 것이겠는가?

지금 자네가 그저 한두 명 옛사람의 진부한 자취를 고집하여 동물의 행실이 사람을 통해서 나온 것이라 의심한다면 아마도 조물주 본연의 오묘한 뜻을 아직 통달하지 못한 것이라 하겠네. 또 주인의 덕이 천박하고 행실에 문제가 있어 고인이 한 일을 해낼 수 없다면, 동물이 주인을 통해 감화받을 방도가 없을 것이네. 그런데도 그 천성을 혼자 온전하게 가지고 있다면, 더욱 천명과 본연의 선함이 애초에 사람과 동물 사이에 차이가 없음을 충분히 확인할 수 있을 것이네. 다만 동물은 겨우 한 가지만 통해 있을 뿐 필경 기가 치우쳐 있으므로 이를 확충할 수가 없다네.

이에 우리 사람이 그 바르고 두루 통하는 기를 가지고 있으니, 마음 가운데 만 가지 이치가 환하게 밝다네. 맑거나 탁하고, 순수하거나 잡박한 차이는 만나는 환경에 따라 타고난 바가 달라진 것이기는 하지만, 이를 확충할 수만 있다면 지극히 탁하고 지극히 잡박한 것도 저절로 변화하여 선함으로 가고 도道로 가게 되지 않음이 없다네. 타고난 자질이 아름답지 못한 것을 탓하면서 자포자기에 빠진 것을 스스로 달게 여기는 자는 새나 짐승만도 못한 것에 가깝지 않겠는가?"

이렇게 객에게 말하고 의로운 닭 이야기를 지어 스스로 성찰한다.

신필흠의 이 글은 함께 거처하면서 함께 새끼를 키우는 두 마리 암탉을 보고 토론한 것을 정리한 글이다. 객은 이 암탉을 보고 대가족이 무너지는 현상을 안타까워하였다. 그러면서 주인 신필흠이 집안을 잘 다스려 가족이 화목하여 이런 기이한 현상이 일어난 것이라 하였다.

동물이 사람에게 감화받아 사람 같은 행동을 하였다는 주장 자체는 앞서 본 것처럼 그리 드물지 않았다. 그런데 이에 대해 신필흠은 정색하고 반론을 폈다. 동물이 기이한 행동을 하는 것은 주인과 무관하게 그 천성에서 나온 것이라 하였다. 사람과 동물의 같고 다른 점은 이 시기 성리학의 주된 논란 중 하나였지만 이런 결론 자체는 참신하다.

위의 글에서 대본大本은 천하의 큰 근본으로, 『중용』에 "희로애락의 정情이 발하지 않은 것을 중中이라고 하고, 발하여 모두 절도에 맞는 것을 화和라고 하니, 중中은 천하의 대본이고, 화和는 천하의 달도達道다"라고 하였다. 이에 대해 주희가 "대본은 하늘이 명하신 성性으로, 천하의 이치가 모두 이로 말미암아 나오니, 도道의 체體요, 달도는 성性을 따름을 이르는 것으로, 천하와 고금에 함께 행하는 것이니, 도의 용用이다"라고 하였다.

또 일원一原은 하나의 근원이라는 말로, 『대학』에서 "리理로써 말하면, 만물이 일원으로 본디 인人과 물物, 귀貴와 천賤의 다름이 없지만, 기氣로써 말하면, 바르고 두루 통한 기를 얻으면 사람이 되고 편벽하고 막힌 기를 얻으면 동물이 된다. 이 때문에 귀해지기도 하고 천해지기도 하여 똑같지 못한 것이다"라고 하였다.

또 주자는 『중용』에서 "사람과 동물이 태어날 때 각기 부여받은 리理를 얻음으로 인하여 건순健順과 오상五常의 덕德을 삼으니, 이른바 성性이라는 것이다"라고 풀이하였다. 천도天道의 음양오행陰陽五行을 인도人道로 바꾸어 말하면 건은 양陽의 덕이고 순은 음陰의 덕이며, 오상은 인仁·의義·예禮·지智·신信의 오성五性이 된다.

이러한 복잡한 성리학의 이론이 사람과 동물의 같고 다름에 대한 논의로 이어졌다. 신필흠의 논지는 거칠지만 쉽게 풀이하면 이러하다. 하늘에서 부여받은 천성 곧 '리'는 사람과 동물이 같지만 사람은 타고난 '기'가 바르고 또 확장성이 있어 '선'의 상태로 들어갈 수 있다. 그러나 동물은 타고난 '기'가 치우치고 확장성이 없어 어쩌다 부분적인 '선'을 드러낼 수 있지만 사람처럼 온전한 윤리를 두루 갖출 수는 없다.

이러한 견해는 신필흠 개인의 생각이 아니고 『중용』을 통해 주희가 정리한 것이요, 조선 시대 학자 대부분이 동의하는 바였다. 그리고 신필흠은 특이한 윤리를 보이는 동물의 행실은 하늘에서 타고난 것이지 사람을 통해 생겨난 것은 아니라 결론짓고, 타고난 자질이 동물보다 훨씬 나은 사람이 자포자기하여 노력하지 않는 것을 꾸짖었다. 개의 행동을 두고 펼친 철학적 논의가 대단하다. 옛사람은 만사가 다 이렇게 심각하였는가?

개의 우애와 감화

권구

집에서 수캐 두 마리를 키웠다. 하나는 순흑색이고, 하나는 연백색인데 털의 끝부분은 약간 흑색을 띠었다. 모두 길들여져서 서로 요란하게 다투지 않았다. 먹을 수 있는 것을 보면, 한 놈이 나가면 한 놈은 물러서 먼저 먹으려고 다툰 적도 없었다. 한 우리에서 머리를 나란히 하여 먹이를 먹고, 시끄럽게 짖지도 않았다. 여종들이 게을러 집 안의 음식물을 치우지 않고 땅에 버려 두어도 힐끗거리지 않았다.

한번은 아이들이 막 밥을 먹으려고 하는 참에, 개들이 곁으로 기어가자, 아이들이 그릇을 턱 밑에다 받쳐 놓았다. 그런데도 눈으로 빤히 볼 뿐 머리를 들지 않았다. 집안 사람이 이상하게 여겨 땅에다 음식을 엎어 놓으니 그제야 먹었다. 꾸짖지 않아도 마루에 오르지 않았다. 가축 중에 순수한 성질을 가진 놈이라 내가 무척 사랑하였다.

그런데 흰둥이가 촌사람에게 상처를 입어 갑자기 죽게 되고 검둥이만 남자, 아이들이 다시 이웃집 개를 가져다 길렀다. 그놈도 검은색이었는데, 사납고 으르렁거릴 때가 많았지만, 차차 그 성질이 순해져 원래 있는 검둥이와 다르지 않게 되었다.

동물도 다른 놈을 보고 감화되는 일이 있는가? 기이한 일이다. 저 개라는 짐승은 사람이 길러 준 놈이라 주인을 좋아한다. 또 황이黃耳나 의견義犬처럼 사람의 뜻을 아는 놈도 예로부터 간간이 있었다. 그러나 그 성질이 본디 사납고 싸움을 좋아하며, 오직 음식을 탐할 뿐 다른 것은 알지 못한다.

그런데 이 개는 같은 집 개를 따르고, 음식을 마주하고도 문득 물러나 양보하며 다투지 않았다. 또 먹어서는 안 될 음식에 대해서는 구차하게 굴지 않았다. 은근히 군자의 행실과 유사함이 있다고 하겠다. 리理가 만물에 고루 부여되는 것이니, 지극히 혼탁하고 지극히 궁색한 짐승 무리의 하나라 하더라도 오히려 리가 다 없어지지 않고 남아 있기 때문이 아니겠는가!

나는 적이 기괴하게 여긴 것이 있다. 대개 빼어난 것을 타고나 가장 영험한 존재가 사람인지라 정말 다른 동물과는 차이가 있다. 사대부의 경우 더욱 뛰어난 존재요, 의리를 두고 평소 강론하지 않음이 없는데도, 이해득실에 마음이 움직여 남을 공박하는 것을 희구하며, 염치가 어떤 것인지 알지 못하고 시기하고 경쟁하며 서로 알력을 일으킨다. 심한 경우 서로 죽이기까지 하면서 한결같이 욕구를 충족하는 데 온 마음을 쏟는다. 이 개도 차마 하지 않는 짓을 아무렇지 않게 해내며, 또한 스스로 계획대로 잘 되었다고 여기는 자들과 비교해 본다면 어떠한가? 아마도 맹자 孟子가 이른바 본심을 잃어 버렸다고 한 것이 아니겠는가!

• 앞의 글 「기다렸다 함께 밥 먹는 개」의 주인공 이지와 같은 안동에 살던 선비 권구權榘(1672~1749)의 집에서 키우던 개도 우애가 있었다. 권구는 본관이 안동, 자가 방숙方叔, 호는 병곡屛谷 혹은 환와丸窩라 하였다. 병곡은 병산서원이 있는 마을을 이르고 환와는 인근 지곡枝谷에 세운 서재다. 권구는 갈암葛庵 이현일李玄逸의 손녀사위로, 평생 벼슬길에 관심을 끊고 학문과 저술에 힘을 쏟은 학자다. 이런 권구의 집에 우애가 깊은 개가 있어, 이 개들의 이야기인 「두 마리 개 이야기」(雙犬說)를 지었다. 『천유록』闡幽錄이라는 저술에 한 편의 이야기로 실려 있다.

권구의 집에 있던 개 두 마리는 먹을 것을 앞에 두고 다툼이 없었다. 땅에 버려진 음식이나 주인이 주지 않은 음식은 먹으려 들지 않았다. 그중 한 마리가 죽었는데 다른 집의 사나운 개를 데려와 곁에 두었더니 그놈 역시 감화되어 순해졌다. 이런 개를 보고 권구는 동물보다 온전한 품성을 타고난 사람을 생각하고, 사람 중에 배움이 많고 지위가 높은 사대부를 생각했다. 사대부는 서로 벼슬을 다투고 분에 맞지 않는 벼슬도 사양하는 법이 없다. 부귀와 권력을 탐하여 살육을 일삼는 데까지 하지 않는 짓이 없다.

맹자는 의義의 단서로 수오지심羞惡之心을 들었다. 한 그릇의 밥과 한 그릇의 국을 얻으면 살고 얻지 못하면 죽는다고 하더라도, 혀를 차고 꾸짖으며 주면 길 가는 사람도 받지 않을 것이고 발로 밟고 주면 걸인乞人도 좋게 여기지 않을 것이다. 그런데도 많은 녹봉을 주는 벼슬은 예의禮義를 분별하지 않고 받으니, 이것이 바로 본심本心을 잃은 것이라고 하였다. 수오지심을 가지지 못하는 사람은 의롭지 못하지만, 개는 수오지심을 가지고 있으니 군자라 하였다. 개만 같지 못한 사람에 대한 준엄한 꾸짖음이다.

주인의 효심과 효구총

변진탁

　하늘이 만물을 생성할 때 그 기氣는 만 가지이지만 그 리理는 하나다. 미물이라 하여 영기靈氣가 모자라거나 넉넉 하다고 할 수는 없다. 이 때문에 범이나 승냥이의 부자 관 계나, 벌의 군신 관계, 물수리의 부부 관계, 기러기의 형제 관계, 송아지의 붕우 관계는 한 가지 길에 치우쳐 통한 것 이다. 그런데 개는 인仁, 의義, 예禮, 지智, 신信 다섯 가지 오 상五常의 덕목을 가지고 있으니, 또한 동물마다 각기 하나 의 태극太極을 구비하고 있음을 볼 수 있다.

　우리 종씨 변석보邊碩甫의 집에 개 한 마리가 있는데 그 어미 개와 같은 집에서 살며 함께 밥을 먹었다. 어릴 때부 터 이 개는 나가서 무언가를 먹으면 집에 돌아와 반드시 게워서 그 어미를 먹였다. 사람들이 모두 더럽게 여겨 때리고 욕하기까지 했지만 그래도 그만두지 않았다.

하루는 백정이 그 어미 개를 사서 막 잡아 가려고 할 때 이 개가 놀라 짖고 깨물며 날뛰고 슬피 울었다. 기필코 어미를 구해 보려는 듯이 하였지만 끝내 어찌할 수 없었다. 이에 스스로 먹는 것을 끊고 슬피 울며 어미 개가 누워 있던 곳에서 머뭇머뭇 서성거리더니 12일 만에 죽어 버렸다. 주인이 기이하게 여겨 마을 앞 산기슭 뒤편에 묻어 주었다.

몇 달 뒤, 사람들이 많이 죽어 나가자, 점쟁이가 그 개 때문에 동티가 난 것이라 하여, 다른 곳으로 옮겨 묻으려고 하였다. 그때가 6월이라 찌는 듯 더웠지만 묻어 놓은 개의 사체는 털 하나도 손상되지 않았고 벌이나 개미가 물어뜯은 곳도 없었으며 거죽이나 살이 온전하여 살아 있을 때와 똑같았다. 사람들이 또 크게 기이하게 여기고 마침내 관아에 보고한 다음, 빗돌을 잘라 와서 표석을 세우고 이름을 효구총孝狗塚이라 하였다.

아, 빛나는구나, 개야. 정말 효성스럽다고 하겠다. 효는 백행百行의 근원이요 여러 선행의 중심이니, 효가 어찌 쉽게 할 수 있는 일이겠는가? 사람이 만물의 영장으로 측은지심惻隱之心과 수오지심羞惡之心과 사양지심辭讓之心과 시비지심是非之心, 이러한 사단四端, 그리고 인, 의, 예, 지, 신 오상의 덕목을 구비하고 있지만, 효를 잘할 수 있는 자는 수백 수천 명 중에 한두 명이요, 수백 수천 년 중에 한두 번 있을까 말까 하는 것이니, 이처럼 효는 어려운 일이다.

개는 기르는 동물이다. 우둔하고 무지할 뿐 그저 먹고 흘레붙는 성질만 있으며 그 맡은 직책이 도적을 지키는 데 지나지 않는다. 그 성실함도 주인을 그리워하는 것에만 있을 뿐이니, 어찌 그것이 효라는 것을 알았겠는가! 그러나 이 개는 사람이 능히 할 수 없는 바를 해냈다. 또 그 기운이 열렬하여 오래가도 사라지지 않았다. 이는 하늘이 오상을 균등하게 부여하여 사람과 동물 사이에 차이가 없는 것이 어찌 아니겠는가?

아, 이른바 사람이라는 것은 말할 수 있는 사람이요, 옷을 입는 사람이요, 팔다리 사지와 백 가지 기관을 가진 사람이다. 그런데 살펴보면 효라는 도리는 근근이 있거나 아예 끊어지고 없다. 이 개를 보면 어찌 얼굴이 붉어지지 않겠는가? 내 생각에 개돼지라도 그러한 사람의 똥은 먹지 않으려 할 것 같다. 이에 개가 더욱 마음을 뭉클하게 하는 바가 있다.

이 개는 나의 증조부 효자공孝子公의 후손가에서 키우던 짐승이다. 효자공이 신해년(1671) 대기근이 일어나던 해 강도를 만났는데 목숨을 바쳐 부친을 보위하다가 잘린 팔뚝이 거의 끊어질 지경이었다. 그 지극한 효행은 선생의 큰아들이 지은 지장誌狀과 제발題跋, 그리고 고을 사람들의 여론에 따라 올린 정문呈文에 두루 기록되어 있다. 그럼에도 아직 정려旌閭의 은전을 입지 못하고 있어 후손들이 개탄하며 답답해하는 것이 나날이 심해지고 있다.

이 개가 다른 집에서 태어나지 않고 하필 효자의 집에서 태어났고, 다른 일 때문에 죽은 것이 아니라 하필 효성 때문에 죽었으니, 그 훈도와 교화를 입은 효과가 어찌 동소남의 개가 다른 개에게 젖을 먹인 일이나 주인의 목숨을 구하고 죽은 선산善山의 의로운 개에 비할 뿐이겠는가? 아마도 하늘이 효자공의 지극한 효성과 아름다운 업적을 드날리려고 이 개를 한 징조로 삼은 것 같다. 이 때문에 그 전말을 기록하여 후일의 참고로 삼는다.

— 변진탁邉振鐸, 「효구해」孝狗解, 『구은유고』龜隱遺稿 권1

• 신하가 임금에게 충성을 다하듯 개도 주인에게 충심을 다하는 것은 지금도 어렵지 않게 볼 수 있다. 그런데 개도 사람이 아닌 그 어미 개에게 효심이 있는가? 변진탁邊振鐸 (1769~1836)이 기록한 「효구에 대하여」(孝狗解)에 이러한 사례가 보인다.

변진탁은 동물도 하나의 태극을 가지고 있다고 하며, 새끼 개가 바깥에서 음식을 먹고 돌아와 먹은 것을 게워 내어 어미 개를 봉양한 일을 소개하였다. 백정이 어미 개를 잡아가자 스스로 굶어 죽었다. 동티가 나서 사람들이 죽게 되자 다른 곳으로 옮겨 묻는데, 오뉴월인데도 사체가 온전하였다. 이에 관아에 보고하고 빗돌을 세워 효구총이라 하였다.

변진탁은 이러한 일의 원인을 백여 년 전 변극태邊克泰 (1654~1717)의 효행에서 찾았다. 변극태는 본관이 남원으로, 봉화읍 거촌리에 그를 기리는 구양서원龜陽書院이 세워져 있고, 이곳에서 그와 그 선조의 위패를 모시고 있다. 변극태는 부모의 목숨을 지키기 위해 강도의 칼날을 몸으로 막은 효자다. 변진탁의 글 뒤에 붙은 주석에 따르면 1681년 무렵 예조에서 조정에 올린 계문啓聞에 의거하여 변극태의 관작이 추증되는 은전을 입었으며, 효구가 태어난 일이 이에 더욱 그 기이함을 징험하게 되었다고 한다.

변진탁은 이 개를 두고 시도 한 수 지었다. 그의 문집에 실려 있는 「효구」孝狗라는 제목의 한시다.

이 개를 미물로만 보지는 말게나
우뚝한 행실은 사람도 하기 어려우니.
가련타, 곡기 끊고 죽음 택한 일은
천추에 몽매한 자를 깨우쳐 주겠네.

• 비슷한 시기 조술도趙述道(1729~1803), 권방權訪(1740~
1808) 등도 변극태의 효행을 표창하면서 효구총을 언급하
였다. 조술도는 변극태를 기리는 전傳을 지었는데 후반부의
대부분을 바로 이 효구 이야기로 채웠다. 조술도는 본관이
한양, 자는 성소聖紹, 호는 만곡晩谷이며, 산림의 학자다. 다
음은 「변극태 효자의 전」(邊克泰孝子傳)의 뒷부분이다.

그 후 백여 년이 지나 공의 집안에 효구의 일이 생겨났다.
효구는 공의 봉사손奉祀孫 집에서 키우던 개다. 성질이 매우
온순하고 밥을 먹을 때 반드시 어미 개에게 양보하곤 했다.
일찍이 밭에 들밥을 내어 가는 데 따라갔다가 배불리 먹고
돌아와서는 음식을 게워서 그 어미를 먹였다. 집안사람이
더럽게 여겼을 뿐 그다지 기이하게 여기지 않았다.
하루는 백정이 문을 지나는데 아이 종놈이 세숫대야를 받
고 어미 개를 내어 주었다. 백정이 숲에서 개를 매달아 죽
였는데 새끼 개가 놀라 껑충거리다가 치달리며 미친 듯 깨
물었다. 숲을 돌며 어슬렁거리고 슬피 울다가 돌아와 문의

개구멍에 엎드렸다. 음식을 주어도 먹지 않고 고기를 던져 주어도 돌아보지 않았다. 마침내 십여 일 지나 스스로 죽고 말았다. 시체를 들판에 놓았는데 까마귀와 솔개가 쪼지 않았고 파리와 모기도 물지 않았다. 이때가 한여름인데도 털과 살이 살아 있는 듯하였다. 마을 사람이 몹시 이상하게 여기고 언덕에 거적을 덮어 매장하되 머리가 흙더미에 빠지지 않도록 하였다.

이 일이 사또에게 보고되자 사또가 판결하여 "기르는 동물이 사람에 의하여 감화되는 일은 많이 보았다. 어찌 어진 마을에 효자가 있었기 때문이 아니겠는가!"라고 하고 봉분을 쌓아 나무꾼과 목동이 출입하지 못하게 금했다. 이에 사람들이 모두 "환한 하늘의 복은 거짓이 없구나. 사또가 무엇을 듣고 이렇게 판결했는가?"라고 하였다. 마침내 흙을 퍼서 쌓고 그 묘에다 '효구총'이라 표지하였다. 찬贊은 이러하다.

"내가 변공이 효 때문에 죽은 일을 보았고 효구의 기이한 행동을 보았다. 사람이 동물에 어찌 간여하겠으며 동물이 사람에 무슨 상관이겠는가마는, 백 년 이래 굳이 변씨 집안에 이런 일이 생긴 것은 무슨 까닭인가? 『중용』에 "정성이면 오래가고 효험이 드러난다"라고 하였으니, 그 말대로 변씨 문중에서 순수한 효자가 다시 태어난 것임을 내가 알 수 있다. 세상에서 역사의 붓을 잡은 사람이, 그 일을 그림으로 그리고 『삼강행실도』三綱行實圖와 같은 책에 편입하도록 청하여, 천하의 자식이 되고 신하가 되고서도 그 직분을 맡아서 해내지 못하는 자들을 경계하게 하겠다. 이들이 어찌 공에게만 부끄럽겠는가, 이 개만도 못하였으니. 아, 저들은 어떤 사람인가, 저들은 어떤 사람인가!"

• 효자가 백여 년 후에 효구를 만들었지만 효구로 인해 백여 년 전 효자의 이름이 더욱 높아졌다. 권방의 문집에 실려 있는 「효구 이야기」(孝狗說)도 변극태의 일을 다루었다. 권방은 본관이 안동, 자가 계주季周, 호는 학림鶴林이다. 문과에 급제하여 사헌부 감찰, 병조 좌랑 등을 지냈지만 향리 안동 일대에서 강학에 더욱 힘을 쏟은 학자다.

내성奈城(봉화奉化)의 변씨邊氏 집에서 어미 개와 새끼 개를 키웠다. 새끼 개가 그 어미 개를 지극정성으로 봉양하여 밥을 먹을 때마다 혼자 먹지 않고 가져다 어미 개를 먹였다. 바깥에서 썩은 뼈다귀나 죽은 동물, 더러운 똥 같은 것이라도 보게 되면 마구잡이로 모아 오는 데 게으름을 피우지 않았다. 주인이 그 악취를 싫어하여 그 어미 개를 죽여 버렸다.

이에 새끼 개가 미친 듯 짖고 사람을 깨물며 마구 뒹굴면서 행패를 부려 어떻게 할 수가 없었다. 이에 어미 개를 잡아

먹고 버린 뼈를 가져다 한 곳에 묻어 주었다. 새끼 개가 무수히 짖어 대더니, 며칠 밥을 먹지 않고 끝내 그 곁에서 죽어 버렸다.

주인이 기이하게 여겨 차마 삶아 먹지 못하고 구석진 곳에다 버렸다. 이때가 막 한더위였는데, 열흘 후에 가서 보니 거죽이 상하지 않고 털과 뼈도 살아 있는 듯하였으며 파리와 모기, 까마귀와 솔개도 모두 감히 가까이 다가오지 않았다. 사람들이 주위에서 함께 보고 크게 놀랐으며, 새끼 개의 지성에 감화하여 생긴 일임을 알게 되었다. 한 마을 사람이 땅을 파서 봉분을 만들고 나무로 패를 만들어 '효구총'이라 표지를 하였다. 그리고 이를 관아에 보고하니, 관아에서 감탄해 마지않으며, "그 주인이 필시 효자인지라 이러한 기이한 일이 생긴 것이다"라고 하였다.

대개 변씨의 고조 변극태가 지성으로 부모를 모셨기에, 마을 사람들이 존경하고 탄복하였다. 어느 날 밤 강도 수십 명이 그 집에 침입하여 그 부모를 칼로 내려쳤는데 변극태가 제 몸으로 그 칼날을 받았다. 거의 죽게 되어 침과 약이 효험이 없었는데, 꿈에 신선이 내려와 무슨 약을 전해 주라고 하였다. 깨어나 그 말대로 했더니 차도가 있었다. 온 고을 선비들이 지금도 칭송하여 그 열기가 식을 줄 모른다. 그러나 또한 조정에 보고하지는 못했다.

아, 아무개의 지극한 행실 때문에 백 년 후에 이 효구가 나오게 된 것이니, 정말 한유韓愈 공이 "상서로움을 내리는 것이 쉴 때가 없네"라 말한 그대로라고 하겠다. 그렇지 않으면 개는 기르는 동물 중에 미천한 놈이지만 주인을 좋아하는 정성이 혹 선산의 의로운 개처럼 타고난 오륜 중 하나가 막히지 않게 한 것인지도 모르겠다.

실로 천년의 역사에 있을까 말까 한 일이 이 개에게 생겨났다. 어미 개가 살아 있을 때는 효심으로 봉양하고 어미 개가 죽고 나서는 제 몸이 따라 죽었으니, 이는 사람도 하기 어려운 일이다. 아, 기이하다. 이를 전하지 않을 수 없어 마침내 「효구 이야기」를 짓는다.

봉화의 변씨 집 새끼 개는 어미 개에게 먹을 것으로 봉양하는 효심을 가지고 있었다. 게다가 어미 개가 죽자 옳게 먹지 않다가 얼마 후 따라 죽었다. 어미 개 곁에 묻었더니 열흘이 지나도 그 시체가 썩지 않았다. 이에 사람들이 무덤을 만들어 주었다. 그리고 이런 신이한 일이 일어난 연유를 개 주인의 고조부가 효자라는 데서 찾았다. 앞서 보았듯이 한유는 고양이가 다른 새끼에게 젖을 먹인 사례를 소개하고 그 주인의 덕이 감화한 것이라 하였거니와 이 역시 같은 방식으로 설명하였다. 그래서 한유가 동소남의 효심에 감화되어 닭이 강아지를 보호한 일을 두고 지은 시에서 "아, 동소남은 효심과 자애심이 있어, 남은 알아주지 않더라도 오직 하늘이 알아주었으니, 상서를 내려 줌이 시도 때도 없었다지"라고 한 구절을 들어 이 개를 칭송하였다.

• 경상도 예천에는 근대 시기에 변극태를 모시는 서원이 세워져 있지만 그 당시에 세워진 효구총은 사라졌다. 조선 시대 효구총은 여러 곳에 있었다. 송병선宋秉璿이 1891년 영남의 여러 곳을 유람하면서 쓴 「교남을 여행한 기록」(遊嶠南記)에서 안동에 들렀을 때 성안의 시장 곁에 효구총이라 쓴 비가 서 있었다고 하니, 예천 말고 안동에도 효구총이 있었던 모양이다.

그러나 지금 우리나라에 남아 있는 효구총은 강원도 정선읍의 덕우리 야생화공원에 세워져 있는 것이 유일한 듯하다. 다만 그 유래는 길지 않다. 최상수가 1946년에 펴낸 『조선민간전설집』朝鮮民間傳說集에 실린 내용에 근거한 것이다. 그 내용은 예천의 것과 비슷하지만, 새끼 개가 어미 개의 뼈를 모은 정성이 더 강화되어 있다. 물론 구술한 이야기라 딱딱한 한문보다 구수하다.

옛날 정선군에 가난한 농부가 어미 개 한 마리를 길렀다. 그때가 흉년이 들어 먹을 것마저도 없을 무렵인데, 어미 개가 새끼를 낳았다. 시골에서는 개가 새끼를 낳으면, 그 새끼를 이웃에게 나누어 주었다. 농부도 제일 잘생긴 새끼 한 마리만 기르고, 나머지 새끼들은 이웃에 나누어 주었다. 그렇게 농부는 어미 개와 강아지 한 마리를 키웠다.

그러나 가정 형편이 어려워 사람 먹을 식량마저도 모자랐기에 어미 개와 새끼를 함께 키울 수 없었다. 그래서 농부는 많이 먹는 어미 개를 팔기로 하였다. 그런데 흉년으로 워낙 어려운 시절이라 어미 개를 사려는 사람이 없었다. 하는 수 없이 농부는 가족과 동네 사람들과 함께 어미 개를 잡아먹었다.

어미 개를 잡아먹고는 남은 뼈를 냇가에 내다 버리러 나갔다. 그랬더니 강아지가 농부를 졸졸 따라왔다. 농부가 뼈를 버리고 집으로 돌아오면서 뒤를 보니, 강아지는 뼈를 버린 그 자리에 그대로 있었다. 농부는 '강아지가 집을 아니까 혼자 두어도 찾아오겠지', '저놈도 제 어미가 죽은 걸 알아서 그러는가'라고 생각하고 집으로 돌아왔다.

해가 저물어서 농부는 저녁을 먹었다. 농부의 아내는 저녁 먹고 남은 것을 모아 강아지에게 밥을 주려고 불렀는데, 강아지가 보이지 않았다. 집 주위를 찾아보아도 없었다. 온 식구가 대문 밖으로 나가 강아지를 찾아보았지만 마을 안에 강아지가 보이지 않았다.

아내가 농부에게 "강아지가 보이지 않아요. 강아지 못 보셨어요?"라고 물었다. 농부는 "아까 냇가에 있었는데" 하면서 이상한 생각이 들어 냇가로 나가 보았다. 냇가에는 자신이 버렸던 어미 개의 뼈도 보이지 않았다. 그리고 뼈를 버렸던 곳에는 강아지 발자국만이 남아 있었다. 농부는 강아지 발자국을 따라가 보았다. 강아지 발자국은 냇가 인근 산기슭으로 이어졌다. 그리고 강아지 발자국이 끝나는 곳에 조그마한 흙더미가 있었고, 그 위에 강아지가 누워서 자고 있었다. 농부는 "왜 여기서 자고 있지?"라며, 강아지 이름을 불렀다. 강아지는 꿈쩍도 하지 않았다. 농부가 가까이 가서 보니, 강아지는 자고 있는 것이 아니라 죽은 것이었다.

농부가 흙더미를 헤쳐 보았더니, 그 안에는 자신이 낮에 버린 어미 개의 뼈가 있었다. 강아지가 산기슭까지 어미 개의 뼈를 모두 물어다 놓고, 땅을 파서 묻고 나서 지쳐 죽은 것이었다. 비록 강아지일지라도 어미의 죽음을 슬퍼해서 뼈를 묻고, 그 자리에서 죽은 것을 보니 효성이 지극하다는 생각이 들었다. 농부는 마을로 돌아와 자신이 보았던 것을 마을 사람들에게 이야기해 주었다. 마을 사람 모두 슬퍼하며, "우리 조금씩 돈을 모아서 사람보다도 효성이 있는 강아지를 기념해야 할 것 같습니다"라며, 어미 개의 뼈를 묻은 자리에 강아지도 묻어 주고 '효구총'이라는 비석을 세워 주었다고 한다.

어미를 따라 죽은 효구

조덕린

개가 효로 이름을 삼은 일은
어떤 객이 나에게 전해 준 것.
예안 땅에 개 한 마리가 있어
새끼 낳아 아끼고 예뻐하였지.

새끼가 태어나 밥 먹을 때 되자
주인집에서 밥을 주었는데
밥이 있어도 혼자 먹지 않고서
누군가 찾는 듯 돌아보고 짖었지.
어미가 와서 먹고 밥을 반 남기자
새끼가 비로소 반을 먹었지.

서로 아낌이 동물도 그러하니
젖 때문에 사랑한다고 뉘 그랬던가.
서로 양보하니 너희 예가 있는 듯,
서로 나누니 너희 의가 있는 듯.

사나운 범 어찌 이리 모진지,
하룻밤에 그 어미를 죽이니
잃어버린 어미를 어디서 찾으랴,
개집 돌며 달리고 킁킁댈 뿐.
산에 오르고 숲에 내려와
서성이며 울부짖고 다니니,
이럴 때 범을 만난다면
싸움에 나서서 죽음도 불사하겠지.
먹지 않고 멍멍 짖다가 작정하고
어미 따라 죽었다네.

아, 정말로 기이하구나,
예전 들은 말 이제 믿겠구나.
선산 땅에 의로운 소가 있고
예안 땅에 효심 깊은 개가 있으니.
너희는 인과 의가 본성이 아니지만
너희는 인과 의를 갖고 있구나.

사람은 만물의 영장이 되어
네모난 발에 둥근 머리 가졌건만
인면수심人面獸心이라,
어찌 충과 효를 논할 수 있으랴?
탄식하며 직필直筆을 그리워하고
감탄하고 까마귀 효심을 읊노라.

아득한 하늘과 땅 사이에
이러한 무리는 개만도 못하다네.
이리와 범에게 던져 주어야 옳겠다,
개돼지도 그 똥조차 먹지 않겠으니.
수서水西의 늙은이에게 부쳐 보내니
내 노래에 당신이 답해 보시오.

───   조덕린趙德鄰, 「효구행」孝狗行, 『옥천집』玉川集 권1

● 앞서 변극태의 개 이야기를 적은 조술도의 조부가 조덕
린趙德鄰(1658~1737)인데 그도 효구를 두고 장편시「효구의
노래」(孝狗行)를 지었다. 조덕린은 자가 택인宅仁, 호는 옥천
玉川이다. 조덕린이 노래한 효구는 지금은 안동에 속하는 예
안 땅에 살았다. 예안은 대학자 퇴계退溪 이황李滉의 고향이
거니와 그 선배 중에 이현보李賢輔(1467~1555)는 학문과 문
학이 대단하였다. 부모님을 모실 수 있는 시간을 아낀다는
뜻의 애일당愛日堂이 효심의 상징이다. 그가 성대하게 양로
연養老宴을 베풀었고 이러한 행사를 그린 그림이 소중한 문
화유산으로 전하기도 한다. 이 점에서 예안에 효구가 나온
것은 자연스럽다.

　예안의 효구는 어미 개가 밥을 먹고 반을 남겨 주면 그
제야 먹었다. 춘추시대 진晉나라의 조돈趙盾이 사냥하다가
영첩靈輒이라는 사람이 굶주린 것을 보고 먹을 것을 주었는
데 영첩이 음식을 반 남겨 어머니에게 드리고자 한 고사가
있다. 효구는 사람으로 치면 영첩에 해당한다.

　이러한 양보하는 개의 효심은 『장자』의 우언을 무색하
게 한다. 『장자』에 이런 우언이 보인다. 공자가 초楚에 사신
으로 가던 길에 새끼 돼지들이 젖을 빨고 있다가 얼마 뒤 어
미가 죽은 것을 알고 모두 놀라 달아나는 것을 보았다. 이에
"새끼 돼지들이 어미를 사랑하는 것은 그 몸을 사랑하는 것
이 아니라, 그 몸을 부리는 것을 사랑하는 것이다"라 하였

다. 곧 돼지가 어미를 사랑하는 것이 아니라 어미의 젖을 사랑한다는 말이다. 효구는 진정한 효심에서 어미 개를 사랑한 것이니, 이 효구가 『장자』에 나온 돼지를 이긴 것이라 하겠다.

또 『맹자』에는 이런 이야기가 있다. 고자告子가 사람과 동물이 모두 지각과 운동의 본능이 같은데 이러한 생生의 본능이 성性이라 하자, 맹자가 "그렇다면 개의 성이 소의 성과 같으며, 소의 성이 사람의 성과 같단 말인가?"라고 하여, 인의예지仁義禮智의 본성은 사람과 동물이 다르다고 한 바 있다. 효구는 이 맹자의 말조차 머쓱하게 했다. 효구는 인과 의를 갖고 있음을 확인할 수 있기 때문이다.

그럼에도 불구하고 안타깝게도 어미 개가 범에게 물려 죽었다. 효심이 강한 효구는 슬픔을 이기지 못해 스스로 밥을 먹지 않고 굶어 죽는 길을 택했다. 조선 시대 효자 중에는 부모상을 치르다 슬픔이 지나쳐 죽은 사례가 드물지 않은데 이 효구가 그러했다.

조덕린은 홍문관 교리와 응교, 승정원의 부승지를 지낸 당대 최고의 엘리트였지만 노론의 독주를 비판한 상소를 올려 당시 큰 파장을 일으킨 바 있다. 충심의 발로에서 과격한 직필直筆의 상소를 올렸을 것이다.

이 글의 마지막에서 직필의 글을 그리워하면서 까마귀가 어미에게 먹이를 물어다 먹이는 효심을 칭송하였다. 당나라의 시인 백거이白居易가 「자애로운 까마귀가 밤에 우네」 (慈烏夜啼)에서 까마귀의 효성을 노래하여, "자애로운 까마귀가 그 어미 잃고, 까악까악 구슬피 우네. 밤낮으로 날아가지 않고, 해가 지나도록 옛 숲을 지키네. 밤이면 밤마다 한밤중에 우니, 듣는 이 눈물로 옷깃을 적시네. ……자애로운 까마귀여 자애로운 까마귀여, 새 중의 증삼曾參이구나"라고 하였다. 까마귀는 사람으로 치면 효의 화신으로 공자에게 칭송을 받은 증삼이다.

이에 비해 간사한 말로 임금에게 아첨하는 자, 자식의 도리를 다하지 않고 부모 봉양을 저버린 자, 이들은 개만도 못한 존재다. 그러니 범과 승냥이 먹이로 던져 주어야 마땅하고, 더욱이 음식을 가리지 않고 마구 제 배만 채우는 개돼지도 이런 인간이 먹고 싼 똥조차 먹지 않을 것이라는 과격한 발언을 이어 나갔다. 조덕린의 매운 뜻을 여기서도 읽을 수 있다.

이 시는 조덕린이 그의 벗 수서水西 김시준金時儁(1658~1733)에게 준 것으로, 그에게 의견을 물었지만 답은 전하지 않는다. 개만도 못한 사람에 대한 강개한 목소리가 요즘 사람의 마음까지 움찔하게 만든다.

• 사람보다 나은 짐승 이야기를 좀 더 해 본다. 이익은『성호사설』에서 「금수오륜」禽獸五倫이라는 항목을 두어, 다음과

같이 적었다.

염소 새끼는 꿇어앉아 어미의 젖을 먹고 까마귀는 제 어미에게 먹을 것을 물어다 먹이니 이는 부자父子의 인仁이 있고, 벌은 집을 만들고 개미는 구멍을 뚫으니 이는 군신君臣의 의義가 있으며, 비둘기와 원앙새는 절개를 지키니 이는 부부夫婦의 분별이 있고, 너새(보우鴇羽)와 기러기는 항렬을 지어 다니니 이는 형제의 차서次序가 있으며, 꾀꼬리는 깊은 골짜기에서 나와 높은 나무로 옮겨서 살고 닭은 먹을 것이 있으면 서로 불러서 함께 먹으니 이는 붕우의 정情이 있다.

또 「금수일로」禽獸一路 항목에서 "동물이 한 가닥 이치를 아는 것이 있다"라고 하면서 동물도 한 가지 정도는 뛰어난 덕이 있다고 하였다. 이익은 의로운 말을 위해 시를 지었고, 우애가 있는 닭을 위해 전을 지었으며, 정절을 지키는 제비에 대해서도 글을 지었다. 효심이 있는 까마귀, 의로운 송골매 등을 더하여 '일로전사'一路全史라는 동물에 대한 저술을 기획하기도 하였다. 「정연」貞燕 항목에 보이는 정절을 지키는 제비 사연은 이러하다.

참판 황응규黃應奎의 측실 최씨崔氏는 어진 행실이 있었다. 그의 집 문밖에 제비 한 쌍이 집을 짓고 살았는데, 하루는 수제비가 고양이에게 물려 죽자, 외로이 남은 암제비는 집을 빙빙 돌면서 슬피 울기만 하였다. 가을에는 어디로 갔다가 봄이 되면 또 저 혼자 찾아왔다.

최씨가 나중에 과부가 되어 딴 곳으로 이사를 했는데도, 제비는 역시 그리로 따라갔다. 몸이 반쯤 들어갈 만하게 집을 아주 좁게 만들어 놓고 그 속에 살면서, 다른 수제비와 교접하거나, 새끼를 기르려는 뜻은 끝내 가지지 않았다. 혹 딴 제비가 오면 쫓아 버리고, 오직 최씨가 부르면 내려와서 그의 손바닥 위에 올라앉았다. 십 년이 넘도록 저 혼자 이렇게 살았다 한다. 나는 이 말을 듣고, 이를 정연貞燕이라고 하였다.

제비조차 제 짝을 버리지 않는 정렬이 있어 이렇게 기록으로 남겼다. 정조를 지킨 제비는 수컷이 아니라 암컷이었으니, 제비조차도 암컷에게만 정렬을 요구한다는 것이 민망하기는 하다.

어미의 원수를 갚은 개

김낙행

    하당荷塘 권두인權斗寅 어르신이 의구義狗의 일을 다룬 설
說에 대해 나와 배자도裵子度가 이야기를 나누고 있을 때다.
자도가 "근래 또 효구가 있는데 자네 들어 보았는가?"라
하고 다음과 같은 이야기를 알려 주었다.
    죽계竹溪에 개를 기르는 자가 있었다. 어미 개가 낳은
새끼 한 마리는 주인이 다른 사람에게 주어서 기르게 하였
고, 뒤에 어미 개가 낳은 두 마리 새끼는 주인이 직접 길렀
다. 새끼들이 크게 자라자 주인은 어미 개를 잡아먹으려고
개울에서 도살하였다. 이에 뒤에 태어난 두 마리의 새끼
개가 먼저 태어난 새끼 개에게 달려가더니 데리고 함께 개
울로 갔다. 도살 현장을 빙 둘러서더니, 죽은 어미 개를 보
고 나서 다시 주인을 쳐다보았다. 이어 땅을 파고 위로 우

러러보고 아래로 굽어보면서 매우 슬프게 짖어 댔다. 눈자위를 보니 눈물이 주룩 흘렀다.

이미 개를 잡아 집에 돌아와 삶고 있는데, 세 마리 새끼 개가 가마솥 주위에 빙 둘러 웅크리고 앉았다. 개를 다 삶아서 먹으려고 하는데, 이웃 사람이 마침 와서 침을 흘리며 손가락으로 가리키고 먹음직스럽다고 말하였다. 이에 세 마리 개가 서로 돌아보며 크게 울부짖고 이빨을 드러내며 그 사람에게 달려들어 마구잡이로 깨물어 죽여 버렸다.

주인이 매우 두려워하며 말했다.

"기이한 일이다. 조금 전에 내가 개울에서 개를 잡을 때도 참으로 이런 기이함을 보았으니, 먹지 않겠다."

이렇게 말하고는, 고기를 껍질과 함께 땅에 던져 버렸다. 이에 세 마리 개가 함께 고기와 거죽을 입에 물고서 도살된 곳에 갔다. 거기서 어미 개의 털과 발톱 등을 남김없이 거두어 산기슭 아래에 묻고, 또 큰 소리로 울면서 그 곁에서 모두 나란히 죽어 버렸다.

이 이야기는 죽계 사람이 그의 작은 할아버지께서 예전에 이렇게 기록해 둔 것이라 하였다. 내가 한숨을 쉬고 말했다.

"믿을 만하구나. 어찌 그리도 영험하고 기이한가. 사람으로 치면 진晉나라의 왕위원王偉元에 해당할 것이고, 그것은 노魯나라의 장공莊公을 부끄럽게 할 만하다."

부중扶仲이 옆에 있다가 말하였다.

"저 개를 도살하여 삶아 먹으려고 한 주인과 길을 지나가다 침을 흘린 사람은 얼마나 큰 차이가 있는가? 개들은 자기들을 길러 주었기 때문에 주인에게는 보복하지 않은 것이겠지만, 이것을 사람의 일에 적용하면 작은 은혜를 생각하고 큰 의리를 저버린 사례에 해당할 것일세. 초나라 오자서伍子胥라는 사람의 일은 대개 이와는 다르다네."

내가 말했다.

"사람에게 길러져서 주인에게 죽는 것은 가축의 도리가 그러하다네. 그러니 저 개가 주인에게 도살되고 주인 손에 삶겨졌지만 보복할 만한 무슨 원한이 있겠는가? 그러므로 오사伍奢가 죄없이 죽은 것과는 다르다네. 한마디 거든 말 때문에 이웃 사람을 원수로 본 것은, 저 개들이 어찌 어미 개를 도살하여 삶은 사람을 원수로 생각하지 않았겠는가마는, 사람에게 길러졌기에 주인에게 죽임을 당하는 것은 짐승의 도리라는 것을 안 것일세. 가령 이웃 사람이 직접 도살하여 삶아 먹었더라면 저 개들이 그 사람의 몸을 찢어 그 인육까지 먹었을 것이니, 어찌 깨물어 죽이는 데 그쳤겠는가?"

—　　　김낙행金樂行, 「효구설」孝狗說, 『구사당속집』九思堂續集 권3

• 의로운 개가 의견義犬 혹은 의구義狗로 불렸다면 효심
이 강한 개는 효견孝犬 혹은 효구孝狗라 하였다. 김낙행金樂行
(1708~1766)은 본관이 의성義城, 자는 간부艮夫, 호는 구사
당九思堂이다. 김성탁金聖鐸의 아들이자 이재李栽의 문인으로
18세기 영남을 대표하는 학자이며, 벼슬길에는 나아가지
않았다. 김낙행은 벗 배상헌裵相憲(1708~?. 자는 자도子度)에
게서 죽계 땅의 특이한 개 이야기를 들었다. 이를 소재로 하
여 「효구 이야기」(孝狗說)를 썼다.

죽계竹溪는 지금의 영주시 순흥면에 있는 개울인데 우리
나라에서 처음 세워진 소수서원紹修書院이 있는 곳이다. 이
런 곳이기에 사람보다 나은 개가 나온 모양이다. 첫 대목에
서 이른 권두인의 「의구설」은 뒤에서 다룬다.

죽계 땅의 세 마리 개 이야기를 들은 김낙행은 탄식하며
진晉나라의 왕위원王偉元과 노魯나라 장공莊公의 고사를 떠올
렸다. 왕위원은 왕부王裒를 이른다. 아버지 왕의王儀가 위魏
나라 사마소司馬昭에게 억울하게 죽은 것을 슬퍼하여 벼슬에
나아가지 않고 여막에서 지내며 아침저녁으로 묘소 곁 측백
나무를 잡고 울자 그 눈물 때문에 나무가 말라 죽었다는 고
사가 전한다. 김낙행은, 개가 어미를 죽인 주인에게 직접 복
수를 감행하지 못하고 맛있겠다고 거든 이웃 사람을 물어
죽인 일이 여기에 해당한다고 하였다.

또 노나라 장공의 어머니 문강文姜은 제齊나라 양공襄公

의 누이동생인데, 장공의 아버지 환공桓公에게 시집온 이후
에도 자주 친정에 가서 양공과 정을 통했고 이 사실을 알게
된 환공의 질책을 받자 양공을 꼬드겨 환공을 살해하였다.
그런데도 장공은 낳아 주신 어머니가 슬퍼할까 염려해 양공
에게 복수하지 않았다. 그래서 김낙행은 장공이 이 개에게
부끄러워할 것이라 하였다.

이때 옆에서 김낙행의 말을 듣던 벗 김정한金正漢(1711~
1766)이 이의를 제기한다. 그 역시 문집을 남긴 명망 높은
학자로, 자는 부중扶仲이고 호는 지곡芝谷이다. 김정한은 오
자서伍子胥의 일을 끌어들였다.

춘추시대 초楚나라의 간신 비무극費無極이 평왕平王에게
태자를 참소하여 부자 사이를 이간질하였는데 태부太傅 오
사伍奢가 이를 구하려다 오히려 감옥에 갇혔다. 비무극은 후
환을 없애려고 오사뿐만 아니라 그의 두 아들을 유인하여
죽이려 하였다. 이때 큰아들 오상伍尙은 뻔히 가면 죽는 줄
알면서도 결국 가서 죽었다. 그러나 동생 오원伍員, 곧 오자
서는 오吳나라로 달아나 합려闔閭의 신하가 되어 초나라를
공격하고 이미 죽은 평왕의 시신을 꺼내어 300대 매를 쳐서
부형의 원수를 갚았다.

김정한은 자신을 길러 준 주인의 은혜를 생각하여 낳아
준 어미 개의 복수를 하지 않은 것은 그렇다고 하더라도, 사
람이라면 오자서처럼 죽은 아버지를 위해 복수해야 한다고

주장하였다.

　이에 대해 김낙행은 주인과 개의 문제를 임금과 신하의 관계로 넓혀 생각하였다. 신하가 임금에게 벼슬을 받는 것은 개가 주인에게 양육되는 것과 다르지 않다. 임금이 잘못된 판단으로 신하에게 사약을 내리더라도 기꺼이 받아 마셔야 한다. 그렇다면 오자서는 형 오상처럼 기꺼이 죽어야 옳지, 모시던 임금에게 복수를 해서는 안 된다. 이 때문에 왕위원이 복수를 생각지 않고 눈물만 흘린 것은 옳은 태도다. 또 장공이라면 양공에게 복수해야 하는데 그렇게 하지 않았기에 비판을 받아야 한다. 김낙행의 생각이 이러하였다.

4장

불심이 있는 개

〈견도〉犬圖(부분), 작가 미상, 조선,
지본담채, 30.9㎝×29.4㎝,
국립중앙박물관 소장(덕수 1656)

삼목왕과 팔만대장경

미상

이거인李居仁은 합천 사람이다. 신세가 고단하지만 성품은 온순하여 마을의 이장을 제 소임으로 삼아 고을 사람들이 그를 어진 이장이라 불렀다. 당나라 대중大中 임술년 가을, 마을에 세금을 독촉하러 갔다가 저물녘 집으로 돌아오는데 길에서 개 한 마리를 얻었다. 눈이 셋 달린 놈으로, 집에 데려와 키웠다.

이 개는 용렬한 놈들과 완전히 달라 모습은 사자와 같고 성질은 어진 사람 같았다. 하루 한 끼만 먹는데 주인을 무척 근실하게 섬겼다. 주인이 나가면 5리까지 따라가 절하며 배웅하고 주인이 들어올 때면 5리까지 나가 모시고 돌아왔다. 이 때문에 아끼고 어루만지며 좋아했다.

3년이 지난 갑자년 가을, 개가 병이 없이 앉아 있다가 해를 쳐다보고 죽었다. 이거인이 관을 준비하여 매장하고 제수를 갖추어 제사를 지냈으니, 마치 제 아들 상을 치르듯이 하였다.

병인년 겨울 10월에 이거인도 죽었다. 처음 저승의 대문에 이르렀을 때 한 왕이 있었다. 그는 눈이 셋 달리고 머리에 오봉관五峯冠을 썼으며 손에 보배를 장식한 홀笏을 들고 붉은 비단옷을 입고 있는데, 입술은 주사를 칠한 듯 붉고 이빨은 조개껍질을 붙인 듯 가지런하며 상아 걸상에 높게 걸터앉아 있었다. 좌우에서 모시는 관원은 모두 검은 갓을 쓰고 붉은 옷을 입었는데 소 대가리의 사나운 병졸, 말 면상의 나찰羅刹이 삼엄하게 늘어서 있었으니, 마치 왕이 국정을 행하는 상황과 같았다. 이거인을 보더니 왕이 바로 마루에서 내려와 손을 잡고 말했다.

"쯧쯧. 주인께서 어찌하다 여기에 오셨소? 내가 얼마 전 명부冥府에서 죄를 입어 털을 덮어쓰고 꼬리를 단 채 3년 귀양살이를 하였소이다. 마침 주인의 좋은 대우를 입고 잘 돌아와 복직하게 되었으니, 감개한 마음을 절로 억제할 수 없소이다. 이제 갑자기 만나게 되었으니 그 은덕을 감히 잊겠소이까?"

이렇게 말하고 그를 부축해 섬돌 위로 올렸다. 이거인은 그제야 그 이유를 깨달을 수 있었다. 이에 눈물을 닦으며 말하였다.

"천한 놈이 본디 배우지 못해 무지한지라, 어떤 방법으로 명부에 말씀을 올리고 명을 받들 수 있을는지요? 대왕께서는 좋은 가르침을 내려 주시기 바라나이다."

삼목왕三目王이 말하였다.

"좋구려, 어진 분이여! 내 말을 잘 듣고 명부의 염라대왕에게 말을 올리시오."

이거인이 머리를 조아리고 명한 바를 들은 다음 사자를 따라 명부로 들어갔다. 염라대왕이 물었다.

"너는 인간 세상에서 무슨 인연을 지었는가?"

답하였다.

"제가 젊을 때부터 아전이 되어 선업善業을 지을 겨를이 없었는데, 장차 큰 인연을 지어 보려 하였지만 명부의 명을 일찍 받아 돌아오게 되었기에 길이 마음에 탄식하고 있습니다."

염라대왕이 말하였다.

"안전에 나아오게 하라."

이거인이 종종걸음으로 보좌 아래로 나아갔다. 대왕이 말하였다.

"너는 무슨 일을 하려다가 완수하지 못하였던가? 사실대로 고하라."

이거인이 대답하였다.

"천한 몸이 법보法寶(불경)가 지극히 귀한 것이라 들었기에 장차 간행하여 배포하려 하였지만 실행하지 못하였습니다. 마음만 있을 뿐 끝내 실적이 없었으니 이 때문에 민망하고 송구합니다."

대왕이 마당으로 내려와 예를 표하고 말하였다.

"전각에 올라 잠시 쉬도록 하게."

이거인이 고사하였다. 대왕이 바로 판관判官에게 명하여 귀신의 명부에서 이름을 지우고, 관원들과 문밖까지 걸어가서 위로한 후 절을 하고 전송하였다.

이거인이 물러나 삼목왕의 처소에 당도하니, 삼목왕이 미리 자리를 준비하고 기다리고 있었다. 이거인을 올라와 앉게 하고 조용하게 이야기를 나누면서 단단히 당부하였다.

"주인은 부디 일이 클까 하여 근심하지 마소. 집에 돌아가 종이를 사서 서재로 들어가 공덕을 권하는 불경을 필사하여 제목을 '팔만대장경판권공덕설'八萬大藏經板勸功德說이라 하고, 관아에 넣어 인장을 찍은 후 당신 집에 두시오. 내가 갈 때까지 기다리고 있으면 내가 인간 세상에 순찰하러 갈 것이외다."

이에 이거인이 "예, 예" 답하고 물러났다. 하품하고 깨어 보니 한바탕 꿈이었다. 삼목왕이 말해 준 대로 공덕을 권하는 글을 써서 인장을 받은 후 기다렸다.

정묘년 봄 3월 16일, 신라국 문성왕文聖王의 공주 자매가

154

함께 염병에 걸려 병상에 누워 있었는데 이렇게 말하였다.

"부왕께서는 급히 조칙을 내려 대장경 화주化主를 불러 주세요. 오지 않는다면 소녀들은 이제 영결할 것 같아요."

왕이 즉시 나라에 교지를 내렸다. 합천 태수가 벌써 그 일을 알고 이거인을 불러 역마에 태워 도성으로 올려 보냈다. 이거인이 바로 대궐 문에 이르자 내시가 들어가 통지하니, 공주가 말했다.

"잘 오셨소, 화주 양반. 근래 다른 근심은 없었소? 나는 명부의 삼목왕이오. 당신과 약조했기에 이렇게 온 것이오."

또 국왕에게 말했다.

"이 사람은 얼마 전 명부에 들어갔는데 명부에서 이승으로 돌려보내 불경을 새겨 전하게 한 자입니다. 원컨대 국왕께서는 장대한 보시를 하여 큰 사업을 돕는 것이 어떻겠습니까? 이렇게 된다면 비단 공주의 병환이 사라질 뿐만 아니라 국운도 영원히 강고할 것이며, 왕께서도 장수를 누리게 될 것입니다."

왕이 절하고 명하여 그렇게 하라고 하였다. 그런 다음 공주는 다시 이거인과 작별을 아쉬워하는 모습을 짓더니 원래 모습대로 현신現身하여 떠났다. 공주 자매는 정신이 돌아와 바로 일어나 절하고, 부왕과 모후에게 아뢰었다.

"저승에서도 선행을 하고 있는데 이승의 어진 나라가 어찌해야 할까요? 부모님께서는 부디 소홀하게 하지 마세요.”

　왕이 좋다고 하였다. 이에 화주를 무척이나 잘 대우하고 내탕고를 기울여 보시하였으며, 내외에 명을 내려 뛰어난 장인을 거제도巨濟島에 모으고 목판에다 불경을 수놓고 황금으로 장엄莊嚴하며 옻칠을 한 후, 가야산 해인사海印寺에 옮겨 보관하게 하였다. 그리고 열두 번 축하하고 찬양하는 법회를 열었다. 이 모두가 명부에서 지시한 바요, 삼목왕의 사적인 생각에서 나온 것은 아니었다. 이거인 부부는 건강하게 장수하였고 극락으로 올라갔다고 한다.

　아, 불법이라는 보배는, 어디든 보배로 여기지 않음이 없음이 분명하다. 왜냐하면 명부에서 보배로 여겨 저승을 잘 다스렸고, 임금이 보배로 여겨 모든 민심을 얻었으며, 천왕天王(천자)이 보배로 삼아 긴긴 세월 쾌락을 즐기며, 각황覺皇(부처)이 보배로 여겨 만물에 어진 마음을 드리운다고 한다. 설명이 대장경 발문에 실려 있다.

───　　　　　미상, 『가야산해인사고적』伽倻山海印寺古蹟

156

• 전생의 악업으로 이승에서 개가 된 이야기는 드물지 않
다. 그중에서 합천 해인사의 팔만대장경을 있게 한 개 이야
기가 가장 흥미롭다. 1598년에 쓴 발문이 달려 있고 1662년
과 1874년 등에 간행된 바 있는 『가야산해인사고적』伽倻山海
印寺古蹟에 이 이야기가 실려 있다. 조선 후기에 편찬된 것으
로 추정되는 『속장경』續藏經의 하나인 『동국승니록』東國僧尼錄
에도 이 이야기가 수록되어 있다.

  이 글은 상당한 깊이가 있다. 불심이 깊은 이거인의 개
는 하루 한 끼를 먹는다고 했는데 이는 곧 승려의 고행을 말
한다. 승려가 행하는 열두 가지 두타頭陀(고행) 가운데 하나
로, "같은 나무 아래에서 하룻밤만 묵고, 정오가 되기 전에
한 끼만 먹는다"라고 하였다. 겉은 개지만 속은 승려임을
말한 것이다.

  죽은 이거인이 저승에서 만난 삼목왕을 묘사한 대목도
재미있다. 『장자』에서 공자가 만난 도척盜跖을 묘사하면서
"낯과 눈에 빛이 나고, 입술은 새빨갛고 이빨은 가지런한
조개껍질과 같으며, 소리는 황종黃鍾에 어울렸다"라는 구절
에서 가져와 삼목왕을 묘사했다. 또 이거인이 대궐 앞에 이
르자 "내시가 들어가 통지하니"(謁者入通)라고 한 표현도 『장
자』의 같은 대목에 보인다. 불교 관련 문헌에 『장자』가 소환
된 것이 독특하다.

  또 삼목왕을 호위하는 병사는 『능엄경』楞嚴經에서 "망자

의 혼령(神識)은 또 커다란 무쇠 성(大鐵城)의 불뱀과 불개와 호랑이와 이리와 사자를 거느리고 손에 창검을 든 소머리 옥졸(牛頭獄卒)과 말머리 나찰(馬頭羅刹)이 성문 안으로 몰아넣는 모양을 보면서 무간지옥無間地獄으로 향하느니라"라고 한 대목을 가져왔다.

삼목왕에게 좋은 가르침을 베풀어달라는 의미의 '시교이희'示敎利喜는 설법의 네 가지를 이른다. 시示는 법을 보여주는 것, 교敎는 가르쳐서 알게 하는 것. 이利는 교도敎導하여 이롭게 하는 것, 희喜는 행하는 것을 보고 찬탄하여 기쁘게 하는 것을 이른다. 이 이야기를 적은 사람의 학식이 상당히 높다는 것을 짐작할 수 있다.

아무튼 팔만대장경의 유래를 설명하는 전설이 흥미롭다. 이규경은 『오주연문장전산고』「해동불법변증설」海東佛法辨證說에서, 애장왕哀莊王이 정묘년에 팔만대장경을 거제도에서 판각하여 해인사로 옮겼다는 설을 기록하고, 이 글과 비슷한 내용을 소개하였다. 다만 이규경은 간지가 맞지 않거니와 이 설 자체가 허황하다고 비판하였다. 대중大中은 당나라 선종宣宗(재위 847~860)의 연호인데 임술년(841)은 무종武宗 회창會昌 2년이기 때문이다.

• 이규경의 인용은 그 조부 이덕무의 「해인사 팔만대장경 사적기」(記海印寺八萬大藏經事蹟)에서 가져온 것이고, 다시

그 글은 『가야산해인사고적』에 실린 내용을 간추린 것이다.
1782년 이덕무가 가야산을 유람하고 쓴 「가야산기」伽倻山記
에도 이 이야기 일부가 실려 있으므로, 이 무렵 이덕무가 가
야산 해인사에서 이 책을 보고 쓴 것 같다.

　이덕무와 친분이 깊은 박지원도 흥미를 가지고 이 삼목
개 이야기를 언급한 「해인사」海印寺라는 시를 지었는데, 안
의安義 현감 재직 시기인 1791~1796년 사이에 창작된 작품
으로 추정된다. 박지원이 이덕무에게서 들었을 수도 있고
해인사에서 『가야산해인사고적』을 직접 보았을 수도 있다.
다음은 박지원이 쓴 「해인사」의 한 대목이다.

　　이씨 성에 이름이 거인이라는 자
　　부처에 아첨하여 복을 비는데,
　　그 집에 눈 셋 박힌 개가 태어나
　　아이 키우듯이 곱게 키웠건만,
　　그 개가 어디론가 떠나 버리고
　　키워 준 은혜 잊어버린 듯하였지.

　　나중에 죽어 황천에 가서
　　어떤 한 신인神人을 만났는데,
　　키워 준 개처럼 눈이 셋 달린 그가
　　깜짝 놀라 반기며 다정히 하는 말,

"주인님 은혜에 실로 감동해
신명의 도움으로 소생하게 할 터이니,
원컨대 팔만대장경을 새기어
불사를 널리 전해 주기 바라오."

땀을 쏟고 꿈 깨듯 소생하니
시원스레 묵은 병이 달아났다네.
친척들이 상례를 준비하고
관아와 이웃이 부조를 보냈다가
신인이 한 말 듣고 감격하여
온갖 불경을 판목에 새겼다네.

이 일은 정말 황당하구나.
아득한 옛일은 소급해 볼 수 없으니
설령 진짜 이런 일이 있다 해도
유자儒者가 마음에 둘 일이 아닐세.

『가야산해인사고적』의 내용과 거의 같지만 신라 공주는
등장하지 않는다. 이거인이 저승에 갔다가 소생하여 팔만대
장경을 새겼다는 정도로 마쳤다. 그리고 유자로서는 이런
황당한 이야기를 믿을 수 없다고 거리를 두고 있다.

때로는 개가 사람보다 낫다

<김두량 필 삽살개>(金斗樑 筆 犬圖), 김두량(金斗樑(1696~1763), 1743, 지본담채, 35cm×45cm, 개인 소장(부산광역시 유형문화유산)

- 몇 곳 다른 데가 있어 참고로 앞서 소개한 이덕무의 글 「해인사 팔만대장경 사적기」의 일부를 아래에 보인다.

합주陝州(합천)의 이정里丁인 이거인이라는 사람이 있었는데 길에서 어린 개를 보았다. 눈은 셋이고 다리를 절름거리기에 거인이 이를 불쌍하게 여겨 길렀다. 이 개는 매일 정오에 한 끼의 밥만 먹었으며 주인이 출입할 때면 반드시 몇 리라도 보내고 맞이하였다.

3년 후에 개가 죽자 이거인이 슬퍼하고 사람처럼 염습하여 관에 넣어 장사하고 제사하였다. 2년 뒤 이거인은 병 없이 죽었다. 그 혼이 황망하게 불가에서 이르는 명부라는 곳으로 들어갔다. 대문 안에 관리가 있어 엄숙하게 관복을 차려입고 있었는데 마루에서 내려와 다정하게 맞이하고 "우리 주인께서는 어찌 오셨습니까?"라고 하였다. 이거인이 보니 평소 모르던 사람이었지만 그 눈만은 셋이었다. 또 "지난번 제가 견책을 당해 인간 세상에서 털과 가죽을 덮어쓰고 있었는데, 다행히 주인의 은혜를 입어 3년을 보내고 다시 이 벼슬을 돌려받았습니다"라고 하였다.

이에 이거인이 거듭 사례하고 "제가 용렬하니 염라대왕 앞에서 무슨 말로 답해야 하겠습니까?"라 하니, 눈이 셋 달린 사람이 "그저 인간 세상에 있을 때 팔만대장경을 간행하고자 하였지만 완수하지 못했다고 하십시오"라고 답하였다.

이거인이 그 말대로 아뢰니, 염라대왕이 크게 기특히 여겨 귀신의 명부에서 삭제하고 석방하도록 명하였다. 눈이 셋 달린 사람은 작별 인사를 하면서 말했다.

"세상에 돌아가시면 팔만대장경을 등사하시고 화주化主의 권선문勸善文에 합천 고을 원의 도장을 찍어 잘 간수하여 두시오. 그렇게 하면 후일에 서로 만날 수 있을 것입니다."

이거인은 살아 돌아와서 그 말대로 하여 간수해 두었다.

이때 애장왕의 귀한 공주 자매가 함께 천연두를 앓고 있었는데 갑자기 어찔하더니 이리 말하였다.

"간수해 둔 팔만대장경의 권선문을 얻는다면 우리의 병은 나을 것입니다."

왕이 명하여 이를 구하게 하니, 합천의 고을원이 이거인을 역마에 실어 대궐로 보냈다. 이거인이 공주를 보니, 공주는 저승에 있던 눈 셋 달린 사람의 음성으로 말했다.

"작별한 뒤로 평안하십니까?"

왕에게 말했다.

"팔만대장경은 저승에서 귀중하게 여기는 것입니다. 염라대왕께서 이 사람을 풀어 보내 주신 까닭은 세상에 나와서 이 일을 도모하게 하신 것입니다. 원하건대 왕께서는 이 사람을 도와 성사하소서."

또 거인과 작별하면서 말하였다.

"이제부터는 영원히 못 만날 것입니다."

그러고는 곧 병이 나았다. 이때 거제도 바다에 어느 나라에서 왔는지 모를 큰 배가 떠 있고 그 안에는 팔만대장경이 가득 실려 있었는데, 모두 금은으로 된 글자였다. 왕은 온 나라 안의 기술자를 동원하여 거인과 함께 섬에 가서 간행하고 합주 해인사로 옮겨 보관하도록 명하였다.

역시 글 잘하는 이덕무답다. 짧은 글이지만 전체적인 흐름이 분명하다.

불법을 깨달은 개

허균

여위어 앙상한 저 개야,
처음 어디서 왔느냐?
또 어디를 향해 가는가?
어디서 볼 것을 찾느냐?

개가 제 뜻을 이렇게 답하네.
"무생인無生忍을 그르쳤다오.
내 전생에 사람으로 태어났는데
이익을 탐하고 권세를 좋아하여
남을 모함해 형벌을 받게 하고
탐욕에 재물 축적 많이 하였소.
이 때문에 저승의 천벌을 받아

거대한 아비지옥阿鼻地獄에 떨어져

무량겁無量劫의 고통을 받고

이제 막 개의 몸으로 태어났소.

내 전생의 잘못을 참회하고

큰 발원을 펼치고자

고기를 먹지 않고 출가하여

부처님과 보살님께 참배하고

아미타불을 묵묵히 외웠다오.

이에 성거산에 들어가고

온 사방을 유람하였으니

금강산의 낙가사와

오대산과 태백산이며

지리산의 천왕봉과

속리산과 묘향산이며

가는 곳마다 문득 참선하고

머무는 데마다 꼭 염불하되

원하는 바, 찰나의 시간에

내 천겁의 죄 씻어 내고

내가 사람으로 환생하기를.

삼보三寶 앞에 머리 조아리고

진실의 뜻에 귀의하여

여래如來의 땅으로 초탈하기를."

말 마치고 마당에 꿇어앉아
귀 늘어뜨리고 잘못 비는 듯
내 그 목에 걸린 패를 보니
여러 산 이름이 또렷하였네.
정말 고기 안 먹는지 물으니
중이 정말 그렇다고 하네.
내 듣건대 석가모니의 말에
개도 불성이 있다더니
이 말이 거짓이 아니겠지,
사람이 개만도 못하구나.

• 우리 문학사에서 허균許筠(1569~1618)은 문제적인 작가다. 자는 단보端甫이며 호는 교산蛟山, 성소惺所 등을 사용하였다. 강릉 태생으로 부친 허엽許曄, 형 허성許筬과 허봉許篈, 누이 허난설헌許蘭雪軒 등이 모두 명망이 높다.

기이한 허균의 행적처럼 그의 글에는 허황한 이야기를 실재한 것처럼 늘어놓은 것이 많다. 「산구게」山狗偈는 '산을 돌아다니는 개의 게송'이라는 뜻이다.

앙상하게 여위어 뼈가 울퉁불퉁 드러난 개에게 허균이 질문한다. 어디서 무엇을 하다가 이런 꼴이 되었는가? 이에 개가 무생법인無生法忍, 부동심의 깨달음을 알지 못하였다고 하면서 자신의 잘못을 고백하였다. 이 개는 전생에 사람의 몸으로 태어났지만 부귀 권력을 탐하고 남을 모해한 벌을 받아 아비지옥에 떨어졌다. 끝없는 무량겁의 세월 동안 고통을 겪은 후 다시 개로 환생하여, 전생의 잘못을 참회하고 이생에서 출가하여 불법을 닦는 큰 서원誓願을 결심하였다. 개성의 성거산 및 금강산, 오대산, 태백산, 지리산, 속리산, 묘향산 등 명산의 대찰을 찾아다니며 불법을 닦아 내세에 다시 사람으로 태어나기를 기원하였다.

이 말을 들은 허균은 개도 불성을 가지고 있다는 구자불성狗子佛性을 인정하였다. 어떤 중이 당나라의 고승 종심宗諗에게 개도 불성이 있는지 묻자 종심이 없다고 하였다. 중이 위로 부처에서 아래로 구더기나 개미에 이르기까지 다 불성이 있는데, 어찌 개만 없는지 다시 물었다. 이에 종심은 개는 타고난 업식業識이 있기 때문이라 하였다. 또 다른 중이 개는 불성이 있는지 묻자 이번에는 있다고 대답하였다. 그 중이 다시 개가 불성이 있다면 어찌하여 저 가죽 자루 속에 들어가 있는지 물었다. 종심은 개의 지知로 인해 잘못을 범하게 된 것이라 하였다. 이 이야기는 불성의 유무를 놓고 따져 묻는 편견을 타파한 공안公案으로 널리 알려져 있다.

허균은 이 말을 끌어들여 개도 불성을 가지고 있는데 사람이 그러하지 못함을 비판하여 "사람이 개만도 못하다"고 개탄하였다. 공자가 "저 새도 머물 곳에서 머물 줄을 아는데, 사람으로서 새만도 못해서야 되겠는가?"라고 한 말에서 허균은 새를 개로 바꾸었다. 사람이 개만도 못하다는 말은 허균의 이 글이 가장 빠른 듯하다.

익히 알려진 대로 허균은 시대의 이단아였다. 『한정록』閑情錄이라는 책을 편찬하고 붙인 서문에서 "노장老莊이나 불교佛教 같은 데로 도피하여, 형해形骸를 벗어나고 득실得失을 구별 없이 하나로 보는 그런 것을 좋게 여겼다. 그리하여 세상일 되어 가는 대로 내맡기어 반미치광이가 되었다"라고 한 바 있다. 허균은 수안遂安 군수 때는 불교를 신봉했다 하여 파직되고, 삼척三陟 부사 때도 부처를 받든다는 탄핵을 받아 두 달 만에 파직된 바 있다. 허균은 이런 인물이기에 깨달음을 얻은 개를 대신해 게偈를 지은 것이다. 지나온 명산대찰의 이름을 패찰에 차고 있는 개를 본 것으로 설정하였지만 개의 입을 빌려 유가의 허식보다 불가의 참됨에 경도된 허균의 속마음을 토로한 것으로 보아야 할 것이다.

개 사리를 모신 부도탑

홍경모

영동嶺東에 최씨崔氏 성의 사람이 있어 어릴 때부터 매운 채소나 고기를 먹지 않았다. 부처를 좋아하여 산에 들어가 불법을 듣고는 문득 기뻐 깨우침을 얻은 것이 있는 듯하였다. 비록 머리를 깎지는 않았지만 계율을 무척 근엄하게 지켜 사람들이 거사居士라고 불렀다. 또 이름난 산수를 좋아하지만 두루 유람하지 못한 것을 한했다. 어느 날 병들어 죽었는데 그 딸의 꿈에 나타나 이렇게 말했다.

"내가 사람의 인연이 끝나 짐승의 몸을 빌려야 한단다. 이웃 마을 아무개 집의 개가 나란다."

딸이 꿈에서 깨어나 기이하게 여기고 다음 날 가서 확인하니, 개가 막 태어나 젖을 먹더니 걷고 듣고 볼 수 있게 되었다. 두 눈동자를 반짝이는데, 개라고 부르면 답을 하지 않았다. 딸이 더욱 기이하게 여겨 날마다 가서 살펴보니 매우 기이하게 여길 것들이 있었다. 신령한 마음과 지혜로운 식견이 다른 가축과는 달라 마치 사람처럼 지각이 있는 듯했다. 딸이 화가 나고 마음이 아파서 "최 거사, 최 거사"라고 부르니, 개가 바로 꼬리를 흔들며 종종걸음으로 다가왔다.

딸이 더욱 슬퍼하며 그 집에 가서 꿈 이야기를 하고 데려와 길렀다. 사람처럼 먹고 사람처럼 말을 알아들었다. 사람처럼 매운 채소와 고기를 구분하였으니 보통 짐승과는 달랐다. 한 중과 여신도 몇 명이 그 집 문을 지나다가 쉬고 있었다. 딸이 물었다.

"대사는 어디로 가시나요?"

"백두산에 가려 하오."

개가 이 말을 듣고 문득 팔짝 뛰더니 머리를 조아리며 같이 따라가고 싶은 듯이 하였다. 딸이 이런 뜻을 고하고, 또 함께 데리고 가달라고 부탁하였다. 중이 기이하게 여기고 데리고 다니면서 숙식을 함께하였다.

이에 개 또한 산을 두루 다니게 되었다. 금강산도 같은 식으로 유람하였고, 지리산도 같은 식으로 유람하였다. 비록 보잘것없는 산과 물 가운데 조금이라도 기이한 곳이 있으면 반드시 따라갔다. 이에 개의 발자취가 온 나라 이름난 산수에서 미치지 않은 곳이 없게 되었다. 개가 강원도

의 오대산에서 죽었는데 도를 깨우친 중이 말했다.

"예전에 듣자니, 성인이 해진 휘장을 버리지 않는 것은 개를 묻어 주기 위한 것이라 하였으니, 유가를 따른다면 유자로 대접하는 것이 옳고 불가를 따른다면 불자로 대우하는 것이 옳다. 또 개는 짐승 중에서도 깨달음을 얻을 수 있는 종류가 아닌가."

이에 다비를 하니, 십여 개의 사리가 나왔다. 중들이 기이하게 여기고 독실하게 믿었다. 마침내 산중에 부도탑 셋을 세우고 개 부도탑이라 부르게 되었다.

―― 홍경모洪敬謨, 「오대산구부도기」五臺山狗浮圖記, 『관암전서』冠巖全書 권21

• 앞서 본 허균의 글에서는 사람이 개로 환생하여 불법을 닦으며 명산대찰의 유람을 즐겼다. 이는 아마도 허균의 마음이었을 것이다. 이 글에서 소개하는 개는 강원도 오대산五臺山에 이 개의 사리를 묻은 부도탑이 있었는데, 이 개 또한 여행을 좋아하였다.

이 개의 사연은 홍경모洪敬謨(1774~1851)의 글 「오대산 개 부도탑을 기록하다」(五臺山狗浮圖記)에 보인다. 홍경모는 본관이 풍산豊山이고 자는 경수敬修, 호는 관암冠巖, 운석일민耘石逸民 등을 사용하였다. 홍양호洪良浩의 손자로 문장이 뛰어났다. 홍경모는 견문이 넓은 학자로, 우리나라 명승과 유적을 두루 찾았다. 그런 인물이기에 오대산에 개를 기리는 부도탑을 보고 또 이를 기록으로 남겼다.

최씨는 개의 몸으로 환생하여 명산대찰을 두루 찾아 불법을 듣고 또 계율을 어기지 않는 구도자의 삶을 살았다. 그리고 죽은 후 다비를 하니 십여 개의 사리까지 나왔다. 참으로 불심이 깊은 개다.

동물이라도 그 죽음을 엄숙하게 보내는 것은 유가나 불가나 다르지 않다. 공자는 기르던 개가 죽자 거적을 충분히 덮어서 머리가 흙더미 속에 빠지지 않게 한 바 있다. 동물에 대한 이런 자상한 마음을 보더라도 역시 공자는 성인이다.

기이한 개 부도탑이 오대산에서 사라진 것은 안타까운 일이다. 오대산 호젓한 절집 언저리에 이렇게 불심 깊은 개

를 기리는 작은 탑을 만들어 주면 좋겠다. 이 역시 부처의
마음으로 공자를 배우는 것이 아니겠는가!

불공드리는 개

조수삼

원적사圓寂寺에 개가 있는데 흑갈색이고 성질이 무척 온순하며 함부로 짖지 않았다. 짖으면 도적이 온 것이요, 짖으면 범이 온 것이었다. 태어나자마자 마을 백성이 절에 시주한 놈인데 이제 열네 살이 되었다. 늙은 대사가 사람처럼 절하고 예불하고 꿇어앉고 조아리는 것을 가르쳤다. 다만 앞발이 구부러지지 않아 읍을 하지 못했을 뿐이다. 정말이다, 눈과 귀가 있고 피와 기운이 도는 동물은 모두 교화할 수 있다는 말이. 이 때문에 이 시를 짓는다.

늙은 대사 개를 불러 절하라 하면
개 절하는 것이 사람과 같았다네.
가르치면 배우기 어려움이 없으니

175

사람이 참되면 동물도 참되다네.

한 번 절하니 절은 부처께 올린 것,
한 번 절하니 절은 대사께 올린 것.
대사를 공경하고 부처를 공경하니
개가 지각이 없다고 누가 말하랴.

예는 진실로 정에서 생기는 법
정이 깊으면 예가 공손해진다네.
처음에 대사의 가르침을 따르니
주인을 그리는 충심에 근거한 것.

사람이 임금과 아버지 공경 않으면
사람으로서 개만도 못한 것이라.
이제부터 이러한 무리 만나면
그 남긴 것이라도 삼가 먹이지 말라.

말이 춤출 때 음절을 맞추고
새가 말하여 염불할 수 있으니
보고 듣는 것을 갖추었다면
감화는 저절로 이루어진다네.

듣자니 남해南海의 자라는
품은 보배가 관음觀音을 닮았다지.
부처의 말이 나를 속이겠는가
중생은 다들 선심을 지닌 것을.

가난한 자 강탈하는 강도를 보고 짖고
사람 물어 죽이는 범을 보고 짖으니,
아, 내가 이 개를 보건대
짖는 것만 족하다고 할 수 없구나.

소疏를 지어 암퇘지의 재를 지내고
탑을 세워 거미를 기념하였으니,
네 윤회에서 벗어나는 날
대사가 마땅히 이 시를 외우리라.

—— 조수삼趙秀三, 「원적사유견, 색창갈성심순, 불망폐, 폐즉도이호이. 시
생이촌민시어사자십사년야. 노사교지배례궤계상인. 단전각직불능읍이
이. 신부, 유시청혈기지류, 개가이교화야. 위작차시」圓寂寺有犬, 色蒼
褐性甚馴, 不妄吠. 吠則盜已虎已. 始生而村民施於寺者十四年也. 老師
教之拜禮跪稽狀人. 但前脚直不能揖而已. 信夫, 有視聽血氣之類, 皆可
以教化也. 爲作此詩, 『추재집』秋齋集 권4

조수삼趙秀三(1762~1849)은 양반이 아니었지만, 학문과 문학에 탁월한 재능을 발휘하여 가장 뛰어난 중인 작가로 평가된다. 본관은 한양이고 자는 지원芝園 혹은 자익子翼이며 호는 추재秋齋 혹은 경원經畹이라 하였다. 역관으로 중국에 여섯 차례나 다녀와 중국에까지 명성을 날렸다. 그의 장기가 시에 있었기에 원적사의 특이한 개를 두고 장편의 시를 뽑아냈다. 이 글의 시 앞부분 산문이 이 시의 제목이다.

원적사는 평안북도 운산군雲山郡의 백벽산白璧山에 있는데 산성을 수리하는 일로 조수삼이 갔다가 이곳에 들러 불공을 드리는 개를 보았다. 이 개는 14년 동안 원적사에 있다 보니 노승의 가르침을 받아 제법 그럴듯하게 불공을 올리는 자세를 취하게 된 것이다.

조수삼은 이 개를 보고 개만 같지 못한 사람들을 질타하였다. 공자는 사람으로서 새만도 못해서야 되겠냐는 말로 인간을 질타하였다. 또 앞서 본 변진탁과 조덕린의 글에서 개는 사람의 똥을 먹는데 오히려 개만도 못한 사람의 똥은 먹지 않는다고 하였다. 『한서』漢書 「원후전」元后傳에 "어린 군주를 부탁하는 명을 받고서도 그 이로운 때를 틈타 그 나라를 탈취하면서 더 이상 은의恩義를 돌아보지 않는 자라면 개와 돼지조차도 그가 먹다 남긴 음식을 먹지 않을 것이다" 라는 명언도 보인다.

• 사리는 고승만이 아니라 개를 위시한 여러 동물도 남겼다. 조수삼의 시에는 동물이 불심을 지닌 여러 사례를 소개하였는데, 19세의 실학자 이규경이 『오주연문장전산고』에서 다룬 「금수곤개참선변증설」禽獸昆介參禪辨證說과 나란히 볼 만하다. 이규경은 "짐승이나 벌레 중에서도 불경을 듣고 적멸에 든 예도 있고, 사리가 뭉쳐져 나온 예도 있으며, 입으로 염불하는 것도 있으니 그 이치를 알 수 없다"라고 하고, 송宋나라 때의 문인 장방기張邦基가 쓴 『묵장만록』墨莊漫錄을 인용하여 돼지와 소가 사리를 남겼다는 기이한 이야기를 실었다.

위주衛州 획가현獲嘉縣의 백성 직씨職氏가 돼지를 잡아 제사를 지내는데, 다른 백성 유씨劉氏의 개가, 버린 돼지머리를 찾아서 물고 컹컹거리면서 나흘 동안 다른 먹이는 먹지 않았다. 백성이 아들을 시켜 머리를 잘라 살펴보니, 왼쪽 아랫니에 엄지손가락 크기의 육사리가 나왔는데 여래如來의 상이었다. 보계寶髻(보살이나 부처의 머리 위 상투)에 좁쌀 같은 구슬이 있고 눈을 지그시 감고 가부좌를 틀고 있으며 눈동자가 은은하여 장엄莊嚴함이 갖추어져 있었다.

진주眞州의 한 부잣집에서 재를 올리는데 여러 개가 다투면서 소 다리뼈 하나를 물고서 미친 듯이 으르렁거리길 그

179

치지 않았다. 사람이 빼앗아 부숴 보았더니 그 피와 골수가 옥처럼 응결되어 절로 보살의 형상을 하고 있었다. 옷자락 문양이나 장식하는 끈이 아름답고도 기이하여, 깎아 만든 다 해도 그처럼 잘되지 않을 정도였다. 부처의 자비화신慈 悲化身이 없는 곳이 없다. 또 진주 교외의 한 소 도살장에서 고기를 사서 돌아오는 사람이 있었는데 종종 고기 속에 모 두 사리가 있어 옥처럼 반들거려 이때부터 마을 백성들이 다시는 소를 먹지 않았다고 한다.

돼지머리와 소 다리에 부처의 형상으로 된 사리가 나왔 다. 돼지와 소가 불심이 깊어 사리가 나온 것이라 믿기는 쉽 지 않을 듯해도 예전 사람의 믿음은 지금과 달랐다. 이규경 은 『오주연문장전산고』「금수곤개참선변증설」에 조수삼이 소개한 불심 깊은 새와 거미 이야기도 여러 문헌에서 찾아 정리하였다.

안륙安陸 땅에 염불조念佛鳥가 있는데 앵무보다는 작고 색 이 검푸르며 항상 모든 부처의 이름을 왼다.

— 송 왕득신王得臣, 『주사』塵史

동도東都의 어떤 사람이 앵무를 키우는데 무척 똑똑해서 중 에게 시주하였다. 중이 가르쳐 불경을 욀 수 있었다. 종종 말도 하지 않고 미동도 하지 않기에 그 까닭을 물어보니, "몸과 마음이 모두 움직이지 않아야 무상無上의 도道가 된 다"라고 하였다. 앵무가 죽고 나서 태우니 사리가 나왔다.

— 명 진계유陳繼儒, 『미공비급』眉公祕笈

여항산餘杭山의 사문沙門 법지法志가 늘 『법화경』法華經을 외 는데, 암자 곁에 꿩 둥지가 있어 불단에 날아와서 모이더니 염불 소리를 들으려는 것처럼 하였다. 이에 법지가 "너희 가 독경 소리를 알아들을 수 있다면 필시 사람으로 태어날 것이다"라고 하였다. 다음 날 아침 꿩이 죽어서 묻어 주었 다. 밤이 되자 꿈에 동자가 나타나 절을 하고, "불경을 듣고 서 깃털 달린 짐승의 몸을 벗고 이제 산 아래 왕씨의 후사 로 태어났으니, 그 집에 재를 올리시오"라고 하였다. 법지 가 그 집에 가자, 아이가 "우리 화상이 오셨네요"라고 하였 다. 법지도 "너는 나의 꿩이구나"라고 하였다. 옷을 벗겨 보 니 겨드랑이 아래 꿩의 털 세 가닥이 있었다.

— 명 반지항潘之恒, 『반당소지』半塘小志

주방에서 거위를 잡는데 거위가 갑자기 정주靖州 관음사觀 音寺 법당의 치미鴟尾로 날아가 버렸다. 절의 중이 보고 기 이하게 여기고 이 거위를 절에다 보시해 달라고 요청하였 다. 이 거위는 아침저녁 염불 시간이 되면 법당 위로 가서 자세히 들었다. 매일 채소와 물만 먹었는데 20여 년 살아 있었다. 또 이듬해 절에 있던 닭 한 마리도 법당 앞에서 아침저녁 염불을 들었는데 40년 이렇게 하다가 죽었다. 어느 날 저녁 노승의 꿈에 나타나, "제자가 이미 무강왕부武岡王府에 환생하였으니, 3년 뒤 대사께서 한번 보러 오십시오"라고 하였다. 노승이 기일이 되어 무강왕부에 갔더니 왕자가 마침 세 살이었다. 말을 못 하더니 노승이 오는 것을 보고 "대사와 헤어진 지 세 해가 되었습니다. 그동안 무탈하셨습니까?"라 하였다. 노승이 돌아가서 이 사적을 바위에 기록하였다.

— 청 왕사정王士禎, 『지북우담』池北偶談

황성 서쪽 자혜사慈惠寺에 지주탑蜘蛛塔이 있는데 만력萬曆 연간 황휘黃輝가 비문을 썼다. 황휘는 불교에 탐닉했는데 승려 우암愚菴과 사이가 좋아 늘 이 절에 머물렀다. 하루는 막 『금강경』金剛經을 외려는데 거미 한 마리가 책상 위로 기어와 부처를 향하고 엎드렸다. 내쫓아도 다시 왔다. 황휘가, "네가 불경을 들으려고 온 것이냐?"라 하고 끝까지 외워 주었다. 또 정情과 상想의 인연에 대해 말하니, 거미가 바로 껍질을 벗고 죽었다. 이 때문에 절에서 탑을 세웠다.

— 청 왕사정, 『지북우담』

앵무새가 사람 말을 곧잘 따라하니 염불도 충분히 할 수 있을 것 같다. 그러한 능력을 갖춘 염불조라는 새도 있을 것 같다. 그러나 불심이 깊은 앵무가 사리까지 남겼다니 믿기 어렵다. 인간으로 환생한 꿩과 닭 이야기는 거의 소설에 가깝다. 그래도 옛사람이 이를 기록으로 남긴 데에는 그 뜻이 있었을 것이다.

5장 주인을 위한 개의 의리

〈견도〉犬圖(부분), 장한종張漢宗(1768~1815), 조선,
지본담채, 25.5cm×35.0cm,
국립중앙박물관 소장(건희 3768)

눈먼 아이의 반려견

미상

여름 4월에 경성京城의 진고개(泥岾) 불복장리佛腹藏里에 눈먼 아이가 있었는데, 부모가 모두 역병에 걸려 죽고 아이만 흰 개 한 마리와 같이 살았다. 아이가 개 꼬리를 잡고 길에 나가면 사람들이 밥을 주었는데 개는 먼저 혀를 대지 않았다. 아이가 목마르다고 하면 개가 인도하여 우물에 가서 물을 마시게 하고 다시 인도하여 돌아왔다. 아이는 "내가 부모를 잃었는데 개 때문에 살았다"라고 하였다. 보는 이들이 이를 가상히 여기고 의견이라 불렀다.

── 미상, 『고려사』高麗史 권29 1282년 4월 기사, "夏四月 京城泥岾佛腹藏里, 有肓兒, ……"

• 가축은 인간의 보호를 받으며 살아간다. 그리고 그 보답으로 일정한 일을 하거나 그 고기로 값을 한다. 개는 어떠한가? 개는 집을 지키거나 사냥을 돕는 일이 가장 중요한 역할이었다. 또 먹을 것 귀한 시절 가장 쉽게 구할 수 있는 육고기였다. 지금은 이러한 역할이 웬만큼 사라지고 '애완'愛玩이 중심이 되었다. 애완은 좋아서 가지고 노는 장난감이라는 말이다. 애완용 개라고 하면 살아 있는 장난감 개라는 말이 되니, 요즘 같은 '개 상위 시대'에는 쓰기 불편한 말이다.

물론 앞서 본 대로 옛날에도 개가 애완용으로 길러졌고 드물지만 지금과 같은 반려견도 있었다. 세종 때 편찬된 『고려사』高麗史에 눈먼 아이를 도와주는 반려견이 보여 반갑다. 1282년 4월의 기사다.

서울의 충무로에 진고개가 있지만 여기서 말하는 진고개는 당시 고려의 수도였던 개성의 고개다. 불복장은 부처의 뱃속에 불경 등을 넣는 것을 이르는 말인데 왜 이런 지명이 생겼는지는 알 수 없다. 아무튼 이곳의 눈먼 아이를 보조하는 반려견의 존재가 이 글에서 처음 확인된다. 흰 개가 눈먼 아이를 인도하니 지금 안내견과 다르지 않다. 목마른 주인을 위해 우물을 찾기까지 했으니 대단하다.

• 비록 '반려'伴侶라는 개념 자체는 없지만, 조선 후기의 뛰어난 시인 신광수申光洙(1712~1775)가 조선풍朝鮮風으로

188

쓴 다음 작품은 마음을 훈훈하게 한다. 「골짜기 입구에서 본 것」(峽口所見)이라는 제목의 시다.

푸른 치마 새댁이 목화밭에서 나와
객을 보고 길 곁에서 몸을 돌리네.
흰둥이 멀리 누렁이 쫓아 놀다가
쌍쌍이 주인 앞에 뛰어서 돌아오네.

푸른 치마 입은 새댁이 흰둥이와 누렁이를 데리고 목화 따러 들에 갔다. 낯선 객이 접근하자, 새댁은 내외하려고 밭두둑에서 몸을 돌려 서 있다. 이때 멀리서 놀던 개 두 마리가 쪼르르 주인을 향해 뛰어온다. 근대의 시골에서도 볼 수 있던 풍경이다. 새댁에게 개는 호신을 겸한 벗이었다.

꿩을 잡아 바친 효견

조유수

서쪽 이웃 가난한 노인네 학질을 앓았는데
사람들 개장국이 좋은 약이라 말들 하였네.
그 집안에 좋은 것이라곤 개밖에 없기에
아이 불러 끌고 나가 개장국 끓이게 하였지.

이놈이 귀 늘어뜨린 채 듣다가 벌떡 일어나더니
죽을까 다급히 달아나는 월 땅의 겁쟁이 개와 달리
저물녘에 오색찬란한 꿩을 물고 돌아왔으니
반호槃瓠가 적장의 머리 바치듯 날래었다네.

처음에는 죽을까 도망한 것으로 생각했지
산 꿩을 잡아서 돌아올 줄 어찌 알았겠는가?

190

개고기는 진晉 문공文公에게 올리기가 어렵기에
꿩고기로 당唐의 훈신勳臣 대접한 일 따르려는 것이라.

오늘 아침 병든 입맛이 조금 돌아왔을 때
개가 있어 꿩고기 올린다고 스스로 자랑하였네.
아, 죽이려 해도 원망 않고 도리어 효도하였으니
가축 중에 신생申生이 바로 네가 아니던가.

어찌 알았으랴, 신촌新村의 열 가구 마을에
충의忠義의 집안에 충효의 개가 태어났음을.
내 남은 음식 먹여서 네 효성에 상을 내리고
다시 그 집에 해진 휘장 버리지 않게 권하였지.
전에 내 흰 구름 같은 강아지 너를 키웠으니
네 어미처럼 못하는 일 없이 잘하기를 바랐지.

아, 황이黃耳와 의오義獒는 옛글에 보이지만
은혜만 있고 원한은 없는 주인에게 보답한 것뿐이라,
내 이제 이렇게 효견의 노래를 지어서
3년 앓던 학질 나으려는 것을 치하하노라.

— 조유수趙裕壽, 「이충의효견탄」李忠義孝犬嘆, 『후계집』后溪集 권5

⊛ 암 환자를 위해 개고기가 보양식으로 쓰인 일은 얼마 전까지 흔한 일이었다. 조선 시대에도 보신이나 보양을 위한 육고기로 가장 흔한 것이 개였다. 주인이 학질을 앓아 개장국을 끓여 먹으려 할 때, 개가 기지를 발휘하여, 꿩을 잡아 주인에게 바침으로써 제 몸을 온전히 하였다.

영조 때 그리 높은 벼슬에 오른 것은 아니지만 우리 문화사에서 제법 큰 역할을 한 조유수趙裕壽(1663~1741)라는 문인이 있었다. 본관이 풍양豊壤, 자는 의중毅仲, 호는 후계后溪이다. 조유수는 이 개를 두고 의義와 충忠과 효孝를 겸하였다고 칭송하면서 시를 지었다. 「이 충의의 효성스런 개를 노래하다」(李忠義孝犬嘆)라는 작품이다.

조유수는 한강 동호東湖의 응봉산 아래 신촌에 살았다. 이름난 화가 겸재謙齋 정선鄭敾, 그와 절친한 대시인 사천槎川 이병연李秉淵 등과 함께 노닌 곳이다. 조유수는 응봉산 서쪽 개울을 후계后溪라 하고 자신의 호로 삼았다. 조유수가 살던 신촌은 광산 김씨光山金氏 김장생金長生의 손자 김익겸金益兼(1615~1637), 김익훈金益勳(1619~1689) 등이 만든 마을로, 그 이후 조유수의 풍양 조씨豊壤趙氏 집안 외에, 이천보李天輔의 연안 이씨延安李氏 집안, 임정任珽의 풍천 임씨豊川任氏 집안 등도 세거하였다. 이곳에 이 충의李忠義라는 사람이 살았다. 충의는 조선 시대 공신의 자손을 우대하기 위해 조직한 군대인 충의위忠義衛에 소속된 사람을 이르는데, 이 충의가 정확히 누구인지는 알 수 없다.

이 충의라는 사람이 '이틀거리'라고 하는 학질에 걸렸다. 보신을 위해 집에서 키우던 흰둥이를 탕으로 끓여서 먹으려 하였다. 이때 흰둥이는 이를 알고서도 놀라 도망하지 않았다. 중국 촉蜀 땅은 항상 비가 내리고 음산하기 때문에 해가 한번 뜨면 개들이 마구 짖어 댄다고 하여 촉견폐일蜀犬吠日이라는 성어가 생겼고, 월越 땅은 날이 따뜻해 눈을 볼 수 없기 때문에 눈이 한번 내리면 개들이 마구 짖어댄다는 월견폐설越犬吠雪의 성어가 생겼다. 이 충의 집의 개는 이렇게 호들갑 떠는 월 땅의 개와는 달라 의연하게 꿩을 사냥해서 돌아왔다.

제곡帝嚳 고신씨高辛氏 때 견융犬戎이 반란을 일으켰다. 제곡은 토벌하는 자에게 미녀를 아내로 주고 300호戶의 땅에 봉하겠다고 하였다. 이때 제곡의 개 반호槃瓠가 견융의 오장군吳將軍을 죽여 머리를 바쳤다. 이에 약속대로 반호에게 미녀를 주고 땅을 봉해 주었다. 이 충의 집의 개는 이러한 신화에 등장하는 반호처럼 용맹하게 꿩을 잡아 온 것이다.

개가 키워 준 주인의 은혜에 보답한 것이니, 자식이 키워 준 부모에게 효도한 것과 다르지 않다. 그래서 '효견'이라 한 것이다. 앞서 소개한 김낙행 글 「어미의 원수를 갚은 개」의 '효구'孝狗가 어미 개에게 효성을 다한 새끼 개의 이야기라면, 여기서는 개가 주인에게 효성을 다한 것이다. 개는 제 어미에게도 효도하고 주인에게도 효도하는 짐승이다.

　이 시에는 반호의 고사 외에도 개와 관련한 여러 일화를 끌어들였다. 진 문공은 개를 아꼈기에 개고기를 먹지 않았고 당나라 때에는 공신에게 꿩고기를 하사한 고사가 있다. 또 조유수는 효견이 사람으로 치면 신생이라 하였는데, 신생은 춘추시대 진晉 헌공獻公의 아들이다. 헌공의 애첩 여희驪姫가 제 아들을 헌공의 후계로 삼기 위해 태자 신생을 모함하여 죽이려 하였다. 여희는 신생을 시켜 독을 넣은 음식을 헌공에게 바치게 했는데, 신생이 그 음모를 알았지만 이를 밝히면 헌공이 아끼는 여희가 죽을 것이요, 그러면 헌공이 상심할 것을 우려하여 스스로 목숨을 끊었다. 후대에 제 몸을 죽여 효를 실천한 효자의 화신으로 신생을 일컬었다.

　조유수는 신촌이 충의忠義의 마을이라 충심과 효심을 가진 개가 나오게 된 것이라 칭송하였다. 그리고 자신의 밥을 덜어 이 개에게 상으로 먹이겠다고 하였다. 사람보다 못한 개의 죽음도 존중한 사람이 공자다. 조유수는 그 마음을 배워 이 충의의 집에다 개가 죽으면 장례를 치러 주기 위해 헌 휘장을 버리지 말라고 하였다. 이웃에 살던 조유수는 이 개를 어릴 때부터 보아 왔기에 그 정이 깊기도 하였다.

　이어 조유수는 이 개를 황이와 의오에 비겨 칭송하였다. 황이는 육기의 편지를 배달한 개고, 의오는 들불이 번지자 자신의 몸을 적셔 불을 끄고 주인을 살린 개다. 이러한 개는 은혜를 베푼 주인에게 보답한 것에 지나지 않지만, 이 충의의 개는 주인으로부터 죽임을 당할 위기에 빠졌는데도 오히려 주인을 원망하지 않고 은혜에 보답하였으니 더욱 뛰어나다고 하였다.

두보杜甫의 「팽주 자사 고적과 괵주 장사 잠삼에게 부치는 30운의 시」(寄彭州高三十五使君適虢州岑二十七長史參三十韻)라는 시에, "삼 년 동안 학질을 앓았는데도, 이 귀신 하나는 죽지도 않네"(三年猶瘧疾 一鬼不銷亡)라는 시구가 있다. 즉 그만큼 학질, 곧 말라리아는 예전에는 치료가 무척 어려웠다. 이 충의는 개가 잡아 준 꿩을 먹고 3년 묵은 학질을 뗄 수 있었다.

여주인을 징치한 개

권두인

　　야성野城(영덕盈德)에 한 농부 부부가 있는데 머슴과 함께 살았다. 그 아내가 머슴과 사통하여 남편을 모살하려고 하루는 농부를 속여서 이렇게 말하였다.

　　"듣자니 어떤 땅에 낙원이 있어 살 만하다는데, 가 보시지 않겠어요?"

　　농부가 그 말을 믿고 가산을 정리하여 이사하는데 개도 따라갔다. 농부가 앞서가고 아내와 머슴이 뒤를 따랐다. 사람이 없는 곳에 이르자 머슴이 몽둥이로 농부를 쳐 죽이고 그 시신을 연못에 가라앉혔다.

　　개가 그 하는 짓을 보고 바로 되돌아 달려가 마을 사람이 사는 집으로 가서 발로 땅을 파고 머리를 들어 울며 짖어, 마치 원통한 일을 고하려는 듯한 모습을 보였다.

마을 사람들이 이상하게 여기고 나서니, 개가 그들을 위해 앞장섰다. 사람들이 개가 어떻게 하는지 보려고 가다가 혹 걸음을 멈추면 앞장서서 가던 개는 아까처럼 슬피 울었다. 그러다 시신을 가라앉힌 곳에 이르자, 개가 문득 물에 뛰어들었다가 다시 나와 슬피 울었다. 사람들이 살펴보니 그곳에 과연 시신이 있었다.

마을 사람들이 바로 관아에 알렸다. 관아에서 그 아내와 머슴을 쫓아가 체포하여 신문하니 이들이 자복하였고 마침내 함께 죽임을 당하였다.

아, 신기하다. 개는 지각이 없는 달리는 짐승일 뿐이다. 그 맡은 바는 도둑을 살피는 것이요, 그 능한 바는 토끼를 잡는 것이다. 멍청하게 움직이고 졸졸 따라다니기만 할 뿐, 사람처럼 텅 비어 있으면서도 신령스러운 지각이 있는 것이 아니다.

그런데도 이 개는 어려움을 당해 사람에게 위급함을 알릴 줄 알았으니, 지혜롭지 아니한가! 마침내 주인을 위해 원수를 갚았으니 의롭지 아니한가! 지혜롭고 의로우니 이를 개라고 부르고 말면 되겠는가?

무릇 사람은 둥근 머리에 가로로 찢어진 눈을 가지고 있으며 오륜五倫의 성품을 갖추고 있어 만물의 영장이라 한다. 그런데도 아침에는 수나라를 따르고 저녁에는 당나라를 따르며, 원수를 섬기면서도 부끄러움을 알지 못하는

놈은 그 이름이 사람이라 하더라도 그 행실은 도리어 이
개만도 못한 것이다. 슬프다!

—— 권두인權斗寅, 「의구설」義狗說, 『하당집』荷塘集 권3

• 개의 의로운 행동은 다양하다. 어떤 개는 주인을 구하려고 제 목숨을 바치고, 어떤 개는 죽은 주인의 원수를 갚았다. 영남의 큰 학자로 행세한 권두인權斗寅(1643~1719)의 문집에도 이런 의로운 개의 이야기가 보인다. 권두인은 자가 춘경春卿, 호는 하당荷塘 혹은 설창雪窓인데 공조정랑, 장수현감 등을 지냈지만 관직의 이력보다 학문으로 일시를 울린 문인이다.

권두인은 하인과 사통한 아내에게 죽임을 당한 농부의 억울함을 풀어 준 영특한 개 이야기를 「의로운 개 이야기」(義狗說)에 담았다. 주인의 시신을 찾게 하고 복수를 할 수 있게 도왔으니 지혜롭고도 의로워 '지구'智狗와 '의구'義狗를 겸한 것이라 하겠다.

• 죽은 주인의 시신을 찾아낸 이야기는 조선 초기의 문인 이승소李承召(1422~1484)의 글에도 보인다. 이승소는 본관이 양성陽城, 자는 윤보胤保, 호는 삼탄三灘이며 형조판서, 좌참찬 등을 지냈다. 이승소는 수안보 인근 괴산군 연풍면을 지나다가 의로운 개의 무덤을 보았다. 주인이 객사하자 연풍에서 경주의 주인집까지 달려가 그 아들을 데리고 시신이 있는 곳을 알려 주고 기운이 다하여 죽었고 이를 기려 주인 곁에 무덤을 세워 주었다는 내용이다. 이승소는 다음과 같은 긴 제목으로 사연을 적고 칭송하는 시를 지었다.

연풍延豐에서 이십 리쯤 떨어진 길가의 산기슭에 무덤이 둘 있는데, 길가에 서 있는 장승처럼 봉긋하다. 주민들이 전하는 말은 이러하다. 경주에 사는 아전이 혼자 그 집 개 한 마리와 함께 책 상자를 짊어지고 걸어서 서울로 과거를 보러 가다가 도중에 병이 들어 이곳에 이르러 죽었다. 그 개가 집에 돌아가 들락거리면서 슬피 울어 애절하게 호소하는 것 같았다. 그 아들이 개가 혼자 돌아온 것을 보고 의아한 데다, 하는 짓이 평소와 다른 것을 괴이하게 여겨 곧바로 양식을 싸 짊어지고 개를 따라 길을 나섰다. 개가 빨리 달려 인도하는데, 그 죽은 곳에 이르러서 기진맥진하여 코를 길게 빼고 죽어 버렸다. 그 아들이 부친을 집으로 모셔 가 장사 치를 여력이 없어서 부친의 시신을 옮겨 산기슭에 가매장하고 개도 그 옆에 묻었다고 한다.

산비탈에서 객사한 주인 뉘 가련히 여기랴
개만 혼자 집에 돌아가서 주인집에 알렸네.
아들과 같이 달려왔다 숨이 차서 죽었기에
언덕 위 두 무덤이 세상 자랑거리로 전하네.

경주 관아에 근무하던 아전이 새재를 넘어 과거에 응시하러 한양으로 가다가 객사했다. 데리고 간 개가 새재를 넘어 경주까지 달려가 주인의 죽음을 알리고 장사를 치르기 위해 그 아들을 데리고 시신이 있는 곳으로 다시 달렸다. 고속도로로도 왕복 400킬로미터가 넘는 거리를 거의 쉬지 않고 달렸으니 숨이 끊어지지 않을 수 있었겠는가?

괴산군의 연풍에서 동쪽으로 새재를 넘으면 경상도 문경 땅이다. 연풍에서 20리 떨어졌다고 하였으니 이화령 고개 인근 새재로 가는 도중에 주인 무덤과 개 무덤이 나란하게 있었을 것이다. 하지만 지금은 흔적을 찾을 수 없으니, 이화령 휴게소에 의로운 개를 기리는 가묘라도 세워 기념할 일이다.

열녀의 개 의구

김약련

영일迎日의 사또가 관아에 앉아 있는데 어떤 개가 갑자기 문으로 들어왔다. 아전이 쫓아냈지만 잠시 동쪽으로 쫓겨나면 다시 서쪽으로 돌아오고, 이윽고 저쪽으로 내보내면 문득 이쪽으로 들어왔다. 쉴 새 없이 쫓아냈지만 그치지 않고 다시 들어왔다. 사또가 보고 이상하게 여겨 말했다.

"쫓아내지 말고 그놈 하는 대로 두거라."

이에 개가 마당에 엎드려 사또를 올려다보고 컹컹 짖었다. 마치 무엇인가를 하소연하려고 하지만 말로 할 수 없는 것이 있는 듯했다. 사또가 말했다.

"개야, 개야. 네가 무슨 하소연할 것이 있는 것 같지만 내가 그 뜻을 알 수가 없구나. 내가 사령使令 둘을 내줄 테니 네가 함께 가서 네가 말하고 싶은 것을 가리켜 보지 않겠느냐?"

개가 일어났다 엎드렸다 수없이 하는 짓이 마치 감사를 표하는 듯했다. 마침내 사령 둘에게 명하여 개를 따라가게 시켰다. 개가 이에 문을 나서서 앞장섰다. 사람이 따라오지 않으면 뒤돌아보면서 그 꼬리를 흔들었다. 수십 리를 가니 백여 호 큰 마을이 나왔다. 곧바로 마을 뒤의 조그만 집으로 갔다. 집의 문이 닫혀 있는데 발을 걸어서 열었다. 개가 정말 스스로 그 문을 닫고 관아로 왔기 때문에 와서 열 수 있었던 것이다. 사령이 그 문을 통해 보니 한 부인이 배를 가른 채 죽어 있었다. 사령이 말했다.

"개야, 개야. 네 주인을 죽인 놈을 너는 알겠구나. 네가 지목해 보거라."

개가 꼬리를 흔들며 마을의 집을 두루 들어가서 사람들의 얼굴을 살펴보았다. 그 마을을 다 살피고 나면 다시 다른 마을로 갔다. 그러다가 한 동자를 보더니 풀쩍 뛰어 들어가 그 옷을 물고 컹컹 짖었다. 군관이 그 동자를 포박하여 관아로 갔다. 개도 따라 관아의 마당으로 들어와 성난 눈으로 노려보면서 깨물고 짖고 하였다.

사또가 그 동자를 국문하니 동자가 감히 숨기지 못하고 있는 대로 실토했다. 이 부인은 명색이 양반으로 젊어 과부가 되었는데 친척이 아무도 없었다. 동자가 수절하려는 뜻을 빼앗고자 하여 칼을 들이대고 겁박하였지만, 부인은 죽음을 무릅쓰고 굴하지 않았다. 동자가 남들이 알까 겁이 나서 부인을 찔러 죽여 그 흔적을 없애고자 한 것이었다.

사또가 즉시 아전을 시켜 동자를 쳐 죽이고는, 수의와 관을 갖추어 부인을 장사지냈다. 장사가 끝나자 개도 따라 죽었는데 부인의 무덤 곁에다 묻어 주었다.

아, 기이하다. 개가 주인의 원수를 갚을 수 있었고, 또 법을 집행하는 관리에게 하소연할 수 있었으니, 그 지능이 정말 사람과 차이가 없다. 그런데 사악한 동자 놈이 그 집에 들어와 주인을 겁박하는 것을 개가 보았더라면 반드시 그놈이 제 주인을 죽일 때까지 기다리지 않고 먼저 그놈을 물어 죽였을 것이니, 어찌 그냥 주인이 죽임을 당한 것을 본 다음에 그 원수를 갚았겠는가? 아마도 개가 마침 밖에 나갔다가 돌아왔을 때 어떤 사람이 주인의 방에서 나간 것만 보았는데, 들어가서 보니 그 주인이 배가 갈라진 채 피를 흘리며 죽어 있었으므로, 비로소 그 동자가 주인을 죽인 것이라고 생각한 것이리라.

그러나 그 지능이 관아에서 온 사람과 함께 그 원수를 찾을 정도였는데, 또 어찌해서 관아에 하소연할 것도 없이 바로 가서 그 원수를 찾아 깨물어 죽이지 않았던가? 다만 이와 같이 하였더라면 원수는 갚을 수 있었겠지만, 누가 주인의 정절을 드러나게 할 수 있었겠는가? 게다가 저 사악한 동자는 사람을 죽일 정도였는데 유독 개를 죽이지 못하였겠는가? 원수를 꼭 갚지도 못하고 그저 원수 손에 죽임을 당할 뿐이었을 것이다. 이에 고을의 관아로 달려가 하소연하여 그 원수를 갚고 그 정절을 드러내며 다시 그 자신을 죽여 주인을 따를 수 있었던 것이다.

기이하다. 의롭고 똑똑한 사람이라 하더라도 이를 능가하지 못할 것 같다. 누가 멍청한 짐승이 이럴 것이라고 생각했겠는가? 어떤 사람이 이렇게 말하였다.

"개가 정말 의롭고도 똑똑하지만, 이와 같이 주도면밀하게 고려하여 대처할 수 있었겠는가?"

내가 말하였다.

"아, 관아에 하소연하여 주인 죽인 원수를 죽일 줄 알았다면 그 지능이 어찌 이 정도가 될 수 없겠는가? 개는 의로움이 뛰어날 뿐 아니라 똑똑함도 또한 신이하다고 하겠으니, 신구神狗라 불러도 될 것이다. 비록 그러하지만, 이는 필시 주인의 평소 행실에 기인한 것이 있어 능히 동물을 감화시켜 그러했으리라. 아, 슬프다. 그 주인이 일찍 과부가 되었는데 또 이러한 변고를 만나 죽고 말았구나."

김약련金若鍊, 「의구전」義狗傳, 『두암집』斗庵集 권5

● 김약련金若鍊(1730~1802)은 본관이 예안禮安이고, 자는 유성幼城이며, 호는 두암斗庵 또는 인수忍叟 등을 사용하였다. 문과에 급제하여 사헌부 지평을 역임하였다. 영조 말년 홍인한洪麟漢과 정후겸鄭厚謙 등이 왕세손의 대리청정을 반대하는 상소를 올렸다 하여 1776년 정조가 즉위한 후 사형당했다. 이때 김약련이 대리청정 반대에 관여했다는 모함을 입어 삭녕朔寧에 유배되었다가 이듬해 정월에 풀려났다. 이후 16년 동안 영주에 은거하며 강학에 힘을 쏟다가 1793년에 다시 등용되어 좌부승지를 지냈다.

김약련은 이러한 경험 때문인지 특이한 행적을 기리는 글을 많이 남겼다. 미천하고 가난하지만 효성스럽고 정렬을 잃지 않은 여성을 표창하는 효녀전과 열녀전 등 여러 편의 글을 지었거니와, 의로운 짐승에 대해서도 전기를 지었다. 이 글도 그중 하나다.

김약련이 기록으로 남긴 영일 땅의 의구는 주인을 열부烈婦로 만들었다. 청상과부가 된 여성을 겁탈하려던 동자를 찾아내어 복수하게 하고, 또 복수가 끝나자 주인을 따라 죽음을 택하였다. 남편도, 자식도 하기 어려운 일을 개가 해냈다. 장하다. 주인에게 의로움을 행한 '의구'에다 주인을 따라 죽었으니 '열구'烈狗의 이름까지 보태야 하겠다.

김약련은 개의 행동을 꼼꼼히 되짚어 보았다. 그가 유추한 바는 이러하다. 개가 밖에 나갔다 온 사이에 동자가 부인

을 해쳤고 그 때문에 현장에서 주인의 죽음을 막을 수 없었
다. 밖에서 돌아왔을 때 동자가 방에서 나오는 것을 보았기
때문에 그가 범인이라 지목하여 관아에 고발한 것이다. 또
동자가 범인인 줄 알면서도 바로 찾아가 복수하지 않은 것
은, 부인의 정절을 드러내기 위한 것이며, 혹 제 힘이 부칠
까 우려하여 그리한 것이다.

　이에 대해 과연 개가 이렇게 주도면밀할 수 있을까, 의
심하는 사람에게 김약련은 이 개가 신이한 지능을 가진 것
이라 하고, '의구'를 넘어서는 '신구'라고 칭송하였다. 이
개는 의구요, 충구요, 열구요, 신구라 하겠다.

공정한 개의 마음

이시원

공자가 기르던 개를 묻을 때 거적을 주면서 자공子貢에게 그 머리가 바로 흙에 파묻히지 않게 하라 경계하였다. 이는 성인의 어진 마음이 동물에게까지 미쳤을 뿐만 아니라, 그 동물이 주인을 연모하는 충심이 있어 보답하지 않을 수 없다고 여겼기 때문이다.

맹자는 개와 소가 사람과 품성이 같지 않다고 하였지만, 개의 품성에도 충忠이라는 리理가 있다. 도둑이 엿보면 짖으니 주인의 창고를 지켜야 한다고 여기기 때문이요, 익숙한 객이 오면 맞이하니 주인이 잘 대접할 사람이라 여기기 때문이다. 주인이 출타했다 돌아오면 좋아라 옷 안으로 들어오니 그 기뻐함을 알 만하다. 이는 개의 항상된 품성이요, 충을 할 일로 삼은 것이다. 육기가 기르던 황이처럼

208

고향으로 돌아가 편지를 전하거나, 전기傳奇에 보이는 의로운 개처럼 꼬리에 물을 적셔 불을 끄는 것은 더욱 그 타고난 품성이 특이한 것이요, 일로 삼은 바에 마음을 다한 것이다.

또 주인이 어질어, 인자한 마음으로 보듬고 온화한 기운으로 훈도하면, 한 집의 여러 개들이 다른 개가 돌아올 때까지 기다리게 만들고, 닭이 같은 집 개에게 먹이를 물어다 주는 일이 생기게 할 수 있으니, 부박한 풍속을 부끄럽게 하고 풍교에 도움이 될 수 있다. 그러니 창려昌黎(한유韓愈)가 상서祥瑞로 여겨 시를 짓고, 주문공朱文公(주희朱熹)이 『소학』小學에 넣은 것이다. 어찌 기르는 동물이라 하여 홀대할 수 있겠는가? 한漢나라 조정의 대신 중에 오직 급암汲黯만이 의리를 지켜 죽음을 택하는 충심을 가졌는데, 그가 "신은 개와 말처럼 주인에게 보답할 마음을 지니고 있습니다"라고 한 말을 보면 말이 훨씬 빠르지만 개라는 글자를 먼저 두었으니, 개처럼 충성을 다하겠다는 것이 또한 지극하였다.

막내 아우 자한子罕이 개 한 마리를 데리고 있는데 계묘년(1843) 3월에 태어나 경술년(1850) 3월에 죽었다. 나에게 충심을 바친 것이 자한에게 충심을 바친 것과 다르지 않았다. 훌쩍 갔다가 훌쩍 돌아왔으니, 낮 내내, 저녁 내내 눈앞에 보이지 않은 적이 없었다. 어떨 때는 꼬리를 흔들며 지팡이를 짚고 있는 내 곁을 맴돌기도 하고, 어떨 때는 귀를 늘어뜨리고 내가 쉬고 있는 창 너머에서 쭈그리고 엎드려 있기도 하였다. 종종 두 집 가운데 어떤 집에 오래 있기도 하고 잠시 있기도 하였기에, 끼니때 굶기고 돌보아 주지 못한 적이 많았다.

자한의 집이 언덕 너머에 10여 리쯤 떨어져 있었다. 매번 형제가 왕래할 때마다 이 개가 문득 마당이나 풀숲 사이에서 뛰쳐나와 앞에서 인도하였는데, 조금도 일정한 거리를 놓치는 일이 없고 길에서 벽제하는 듯하였다. 그 뜻을 헤아려 보건대 주인 형제는 한 몸이라 생각하였을 것이니, 어디에 있든 충을 다하여 차별을 두어서는 아니 될 것이라고 여긴 듯하다.

개는 나이가 여덟 살이 되면 심히 늙고 추해지고 절로 수명의 한계에 이르지만 이 개는 외형이 온전하고 털이 윤택하여 죽을 조짐이 보이지 않았다. 그러다 금년 3월에 며칠 오는 모습이 보이지 않기에 이상해서 물었더니 벌써 매장했다고 한다. 아우 자한의 종놈이 말했다.

"개가 죽으려 할 때 갑자기 언덕 아래 작은 돌다리 곁에서 빙빙 돌면서 짖어댑디다. 이윽고 언덕 위로 뛰어가더니 그 양지바른 비탈을 골라 누웠고 마침내 죽었기에 그 땅에다 묻었습니다."

돌다리는 우리 집과 아우의 집 중간에 있고 언덕 또한

높고 트여 남쪽으로 자한의 집을 바라보고 북쪽으로 우리 집을 바라볼 수 있으니 또한 기이하다.

우리 집은 무척 가난해서 생계를 꾸릴 수 없어 두 아우의 아침밥과 저녁밥을 보내 입에 풀칠하게 하고 있다. 담장을 두른 방도 세 칸뿐이라, 재산이니 집기니 하는 것도 나눠 가질 만한 것이 없다. 형편 때문에 부득불 그 식솔을 각기 나누어 살아가고 있지만, 집을 빌릴 수 있다면 머지않아 돌아가 합칠 것이다. 무척이나 궁핍하고 다급하여 마음에 무슨 생각이 든다고 하여도 모두 다 입으로 드러낼 수가 없으니, 쪼잔하기가 데릴사위 대하는 것과 다를 바가 없다. 묵묵히 생각하고 때로 상심하여 눈물을 흘릴 뿐이다. 형이 되어 그 아우를 박대하는 자가 나와 같은 이가 없을 것이다.

그사이에 길러지는 가축도 각기 그 주인을 따르는 법인데 이 개가 형제를 일심동체로 여길 줄 내가 어찌 알았겠는가? 개는 자주 보면 순종하는 것이 정말 그러한 이치인데, 일심동체라 차별해서는 아니 된다고 여겨 두 집에다 제 몸을 나누어 충을 다하고자 하였으며 끝내 두 집 중간에서 죽었고 두 집이 바라보이는 곳에다 그 묻힐 땅을 스스로 선택할 줄 또 내 어찌 알았겠는가?

자한은 아들이 셋 있는데 제일 먼저 난 아이가 내 품에서 오래 자랐다. 막 공부를 시작할 때 이耳, 목目, 구口, 비鼻

211

등의 비근한 글자를 가지고 아동 교육의 시작으로 삼았다. 이제 나이가 스물셋인데 경전을 외고 역사서를 읽을 수 있다. 열여덟 살 난 놈도 바깥에 따로 스승이 없지만 내가 늙어 무척 힘에 부쳐서 그 형이 어릴 때처럼 학업의 과정을 챙길 수가 없다. 가장 어린놈은 재롱을 떨며 모친 품을 벗어나지 못하더니, 작년 겨울부터 갑자기 와서 글자를 배우면서 돌아가지 않고 있다. 나를 제 부친처럼 여기고 우리 집을 제 집처럼 여긴다. 우리 형제의 아들들을 화목한 범육泛毓의 여러 아들처럼 만들어, 그 부모의 형과 아우를 자신의 아버지처럼 여기고 그 백부와 숙부가 낳은 종형제를 자신의 친형제처럼 보게 한다면, 이 개가 우리 집안의 길상이라 한 것이 빈말이 아닐 것이다. 그렇지 않다면 개만도 못하리니 개가 고심한 바를 저버린 것이 될 것이다.

개를 묻은 때는 바로 알지 못하였다가, 그 일을 나중에 적어서 아우와 조카에게 보이고, 이어 무덤 앞에서 적은 종이를 태우고 무덤의 흙을 두텁게 하여, 여우와 삵이 파헤칠 우려가 없도록 하였다. 개가 충이라는 품성을 이미 지녔다면 또한 없어지지 않는 혼령이 있을 것이니, 내가 붓을 잡고 거듭 탄식한 일을 알 것이다.

── 이시원李是遠, 「예구설」瘞狗說, 『사기집』沙磯集 권4

• 이시원李是遠(1790~1866)은 자가 자직子直이고 호는 사기沙磯다. 본관이 전주全州로, 조선 후기를 대표하는 학자 집안의 후예다. 조부 이충익李忠翊, 부친 이면백李勉伯과 함께 삼대에 걸쳐 문명을 날렸다. 당벌黨閥 싸움에서 패퇴하여 강화도에 세거하며 강화학파江華學派를 이끌었다. 그의 대에 이르러 관운이 풀리면서 한성부 판윤, 형조와 예조, 이조의 판서, 사헌부 대사헌 등 청요직을 두루 역임하였다. 1866년 병인양요 때 강화도가 함락되자 음독 자결을 택한 결기 있는 선비이기도 하다. 그의 아우가 이희원李喜遠(1805~?)인데 그다지 문명을 날리지도 못하고 높은 벼슬을 지내지도 못했지만, 그가 키우던 개가 공정한 마음을 지녔기에 그의 이름도 형의 글에 실려 전하게 되었다.

이 글은 충심이 있는 개를 묻어 주면서 쓴 글인데 제목이 「개를 묻은 이야기」(瘞狗說)이다. 개를 묻어 준 마음은 공자가 자신이 기르던 개가 죽자 제자 자공에게 묻어 주게 한 사례를 이은 것이다. 이시원은 이어서 개의 충忠에 대하여 생각하였다. 『맹자』를 보면, 고자告子가 사람과 동물이 모두 지각知覺과 운동運動이라는 본능이 같다는 논지를 펴자, 맹자는 "개의 성性이 소의 성과 같으며, 소의 성이 사람의 성과 같다는 말인가?"라고 하여 인의예지의 본성이 사람과 동물이 같지 않다고 반박하였다. 이를 두고 이시원은 개도 오륜 가운데 '충'을 지니고 있다는 주장을 펼쳤다. 주인에게

213

중요한 보물이 있다는 것을 알고 있어 도둑이 들면 짖고, 손님이 주인과 친한 관계를 인지하고 있기에 꼬리를 흔들며, 주인이 돌아오면 기뻐하는 감정을 가지고 있다는 점을 근거로 들고 이러한 개의 마음이 충이라 하였다. 앞서 육기의 개가 주인을 위해 심부름을 한 예를 들었고, 뒤에서 다룰 이신순李信純의 개 흑룡黑龍이 화재로 목숨을 잃을 위기에 처한 주인을 구한 사례를 들었다.

이시원은 여기에 더하여 주인이 동물을 잘 가르치면 동물도 일정한 윤리를 가지게 될 것이라 하였다. 역시 앞서 본 바 있거니와, 당의 문인 한유가 고양이가 다른 새끼에게 젖을 먹인 일을 시로 지었고, 송의 대학자 주희가 함께 사는 개가 돌아올 때까지 다른 개들이 밥을 먹지 않고 기다린 일을 『소학』에 실어 놓았다고 하면서 동물도 사람과 같은 천성을 지닌다고 하였다. 또 한나라 때의 뛰어난 목민관인 급암이 자신의 충심을 구마지심狗馬之心이라 한 사례를 들어 개가 말보다 충심이 앞선다고 주장하였다.

그리고 아우 이희원이 키우던 개 이야기를 하였다. 개의 생년과 몰년을 적었으니 거의 개를 위한 '묘지명'墓誌銘이라고도 하겠다. 이 개는 자신과 아우에게 공정하게 충심을 다하였고 10리 떨어진 곳에 살던 아우의 집과 자신의 집 중간 지점인 두 집이 바라보이는 곳에서 죽었다고 하니 참으로 기특하다.

물론 이러한 내용을 자세히 적은 것은 자식과 조카들이 우애를 돈독히 하라는 마음에서다. 진晉나라 범육의 집안은 여러 대에 걸쳐 구족九族이 화목하였는데, 당시 사람들이 그의 집안을 일컬어 "아이들은 정해진 엄마가 없고, 옷은 일정한 주인이 없다"라고 하는 고사를 남겼다.

이시원은 이 고사를 떠올리고 아우의 개가 가족의 화목을 깨우치는 역할을 하였다고 칭송하였다. 가족이 화목하게 지내지 않는다면, 이는 자신의 형제에게 충을 다한 개의 뜻을 저버린 것이요, 또 개만도 못한 사람이 될 것이라 경계하였다. 이 글을 보면 개가 '충심'을 가졌고 그 충심도 사람이 따라 하지 못할 공정함까지 겸하였음을 알 수 있다.

• 민진원閔鎭遠(1664~1736)의 『단암만록』丹巖漫錄에는 폐위된 인현왕후仁顯王后를 지킨 충직한 개 이야기가 보인다.

인현왕후가 기사년(1688)에 폐위되어 출궁되었다. 이때 길에 개 한 마리가 있는데 옥교屋轎를 따라와 마침내 폐궁으로 들어와 주야로 곁을 떠나지 않았다. 창밖에 인기척이 있으면 문득 짖었다. 이에 왕후가 개를 키우게 되었다. 갑술년(1694) 복위되어 대궐로 들어가게 되었다. 개도 따라 나왔지만 중도에 어디로 간지 알 수 없었으니 또한 기이하다.

민진원의 『단암만록』은 서인과 남인의 당쟁을 중심에 두면서 인현왕후가 폐비되었다가 복위되고 장희빈張禧嬪이 등장하였다가 자진하게 된 궁중의 비사를 자세히 다룬 책이다. 민진원이 인현왕후를 따라 서궁西宮에 들어갔다가 복위될 때 홀연 사라진 개 이야기를 다룬 것은, 인현왕후에 대해 의리를 지키지 못한 인심을 넌지시 풍자하기 위한 것임이 짐작된다. 인현왕후가 폐위될 때에는 아무런 일을 하지 않다가 복위 후에 자신들의 공치레를 한 신료들이 제법 있었던 모양이다. 복위 후 개가 서궁에서 나와 사라져 버렸다는 데서도 풍자의 뜻이 읽힌다. 늘 개 이야기의 이면에는 그보다 못한 사람에 대한 풍자가 깔려 있다.

한구를 찬양하다

이건창

막내아우가 관서에서 와서
한구韓狗에 대한 글을 보여 주기에
두세 번 거듭 읽고 나니
이 일은 정말 듣지 못한 일.
사가史家는 기술을 중시하고
명銘과 송頌은 시인의 일인데
두 가지 장점을 겸하여서
이제 내가 거듭 말해 보겠노라.

개는 강서江西에서 태어났는데
주인 한씨韓氏가 가난하여
키우는 것이라곤 이 개뿐이지만

217

날래기가 짝할 놈이 없었다네.
주인을 좋아하고 도둑을 막는
그 품성은 정말 따질 것 없으니
비유하면 충과 효를 갖춘 사람이
지와 용까지 겸한 것이라 하겠네.

가난한 집이라 하인이 없어
개를 시켜 시장으로 보내는데
보따리를 그 귀에 걸고서
편지와 돈을 묶어 보내면
시장 사람들이 개 온 것 보고
묻지 않아도 한씨네 개인지라
편지 뜯어 살 물건을 보내 주니
그 값을 속이지 않았다네.
개가 대롱대롱 매달고 돌아가
살랑살랑 꼬리 흔들며 좋아하였네.

마을의 토호가 주인을 업신여겨
길에서 만나 폭언을 퍼붓고
기세등등 주인을 패려 들자
개가 보고 성내며 펄쩍 뛰어
으르렁 하고 바로 그 앞에 다가가니

범이 돼지를 물어뜯을 듯하네.
주인이 개에게 한 말,
"안 된다. 곁에 앉아 있어라."
그 후로 토호가 벌벌 기며
한씨 개를 관원처럼 겁내게 되었네.

한씨 개가 온 고을에 소문나자
원근에서 다투어 와서 구경하였네.
빚 준 집에서 개를 뺏어 가려고
급히 와서 돈 갚으라 재촉하니
돈이 없어 상환이 어렵다고 하자
개를 찾아 끌고 가려 하였네.

주인이 개를 안고 하는 말,
눈물을 뚝뚝 개 앞에 흘리며
"무슨 뜻으로 너와 내가,
하루아침에 서로 버리게 되었나.
가난한 나를 떠나 부잣집에 가니
네 승진한 것을 축하하노라.
잘 가거라, 새 주인 잘 섬기고
실컷 먹고 오래오래 살거라."

개와 작별하고 방으로 들어오니
개가 그리워 눈물이 샘처럼 줄줄.
문을 나서 개 있던 곳 보노라니
개가 벌써 중도에서 돌아와
옷자락 물고 막 품에 안기니
새 주인 와서 다시 꾸짖자
직접 끌고 새 주인에게 넘겨주며
귀에 대고 신신당부하였네.

이렇게 한 것이 너댓 날이라
개가 갔다 돌아온 것이 어찌나 잦은지.
새 주인 다시 와 하는 말,
"이 개가 순종하지 않으니
돈 갚으면 개를 돌려줄 테니
다시는 늦출 생각 말게."

주인이 답을 하지 못하고
개를 어루만지고 세세히 말하길,
"옛 주인이 정말 생각나겠지만
새 주인과 의리도 같아야 하니,
네 정말 옛 주인이 생각나겠지만
근실히 새 주인 섬겨야 옳을 일.

어찌해서 내 명을 어기고
왔다 갔다 번거롭게 하려 드느냐?"
개가 주인 명을 듣고서
문득 새 주인 문으로 갔네.

대낮은 어찌 이리 긴가,
머리 돌려 황혼에 바라보다가
몰래 주인집으로 돌아와
머리 숙이고 울타리 밑에 숨어
감히 주인은 보지 못하고
그저 그 문을 지키고만 있네.

두 집의 거리가 40리인데
길 험하고 가시덤불 많건만
날마다 잠시도 멈추지 않았네
춥고 덥고 바람 불고 비 오는 날도.
두 집에서 한참 뒤에 알아채고
서로 말하고 이에 감탄하였네.

마침내 개는 힘들어 죽고
죽어 한씨 마을에 장사 치렀네.
행인이 손으로 가리키며

함께 의로운 개 무덤이라 한다네.

아, 이 개는 의롭구나,
성현에게 물어볼 만하구나.
악의樂毅는 몸이 조趙나라에 있어도
종신토록 연燕나라를 저버리지 않았고
서서徐庶는 마음이 한漢나라에 귀의해
위魏나라 신하 노릇을 부끄러워하였으며
왕맹王猛은 마음이 중원中原에 있어
애면글면 부견苻堅을 섬겼다지만,
그래도 이 개만은 못하구나,
의열義烈에다 충순忠純함을 겸하였으니.

국가에서 오백 년 동안
선비 양성에 문인을 중시하여
사직이 태산처럼 안정되고
사해에 풍진이 없더니,
높은 벼슬에 많은 녹봉으로
실컷 처먹어 부유하고 편히 지내며
오랑캐에게 즐겨 아부하고
매국노 짓을 조금도 어려워 않았지.
이제 역적 놈들 모두 달아났지만

조정이 막 분분해지고 있으니,
어찌하면 이 개를 구하여 데려다
우리 임금께 바칠 수 있으랴.

• 이건창李建昌(1852~1898)은 자가 봉조鳳朝 혹은 봉조鳳藻고, 호는 명미당明美堂, 영재寧齋, 담녕재澹寧齋, 결당거사潔堂居士 등을 사용하였다. 강위姜瑋, 김택영金澤榮, 황현黃玹 등과 함께 한말사대가韓末四大家로 기림을 받는 문장가다. 바로 앞 작품의 저자인 이시원의 손자다. 조부의 장렬한 죽음에 힘입어 15세에 문과에 급제하고 참판에 올랐지만 갑오개혁(1894) 이후 벼슬에 나아가지 않고 버티다가 고군산도古群山島에 유배되기까지 하였다. 그 사이 1884년 사간원 대사간으로 있다가 모친상을 당해 상을 치르고 난 1886년 오언고시「한구편」韓狗篇을 지어 한구라는 개를 노래하였다.

이 작품에 등장하는 한구는 평안도 강서 땅에 살던 한씨 성의 가난한 서생이 키우던 개다. 이 개에 대해 이건창의 막내아우 이건면李建冕이 산문을 지었는데, 이건창은 운문이지만 사연을 길게 하여 장편의 시를 지었다. 이건면의 글이 전하지 않아 많이 아쉽지만 이 장편 고시로 한구의 대략을 알 수 있다.

한구는 시장에서 물건을 사 오는 심부름을 맡을 정도로 영특한 개였다. 주인을 폭행하는 토호에 대적하는 용맹함까지 보였다. 빚 독촉 때문에 어쩔 수 없이 한씨가 이 개를 빚쟁이에게 넘겼지만 한구는 주인에 대한 의리를 잊지 않았고, 주인의 간곡한 타이름을 듣고 새 주인에게 순종하는 척하면서도 40리를 몰래 오가느라 결국 지쳐 숨을 거두고 말았다.

　이건창은 시의 후반부에서 한구에 비견할 만한 인물을 두루 언급하였다. 악의는 전국시대 연燕나라의 대장군大將軍인데 제齊나라와의 전투에서 70여 채 성을 함락하는 전공을 세운 바 있다. 섬기던 소왕昭王이 죽고 즉위한 혜왕惠王이 악의를 의심하여 파직하자 악의는 할 수 없이 조趙나라로 망명하였다. 조나라에서 악의를 등용하여 연나라를 공격하게 하려 하였지만 악의는 끝까지 따르지 않았다. 또 서서는 삼국시대 위魏나라의 문인인데 처음에 한나라 유비劉備를 섬기다가, 조조曹操가 그 모친을 인질로 잡자 유비에게 제갈량諸葛亮을 천거하고 조조에게 귀속하였다. 그러나 모친은 서서의 처신을 노여워하며 스스로 목을 매어 목숨을 끊었고 서서 역시 종신토록 조조를 위해 지략을 발휘하지 않았다. 그리고 왕맹은 한족漢族 출신인데 오호십육국五胡十六國의 하나인 전진前秦에서 부견苻堅의 승상이 되어 전진이 중원인 화북華北을 통일하는 위업을 세웠다. 이 세 사람은 모두 사정으로 인해 다른 나라의 관리가 되었지만 조국을 잊지 않은 인물들이다.

　이건창은 이러한 인물을 열거한 후 이들도 의열義烈과 충순忠純을 겸한 한구만 못하다고 하고, 일본 등의 외세에 아부하는 매국노에 대한 질타로 이어 나갔다. 달아났다고 한 역적은 갑신정변의 주역을 이르는 듯하다. 이 글을 보면 갑신정변에 대해 온건개화파 이건창은 다소 부정적이었던 듯하다.

이 시에서 한구는 그 이름이 단순히 한씨 성의 개에서 더 나아간 뜻이 있는 것 같다. 아직 대한제국이 들어서지 않았지만 이미 이 무렵 조선의 별칭으로 '한'韓이 쓰이고 있었음을 염두에 두면 '한구'는 조선의 개라는 뜻도 된다. 조선을 진정으로 사랑하는 개가 한구인 것이다.

• 한구처럼 심부름을 잘하는 개의 대명사가 앞서 본 육기가 키우던 개 황이다. 그런데 중국의 황이나 조선의 한구보다 더 영특한 개가 조선 후기에 가장 널리 읽힌 소설 『숙향전』에 등장한다.

마고선녀가 숙향을 구하기 위해 인간 세상에 할미로 현신하여 내려왔는데, 인연이 다하여 천상으로 돌아가면서 기르던 개 청삽사리를 남겨 주었다. 청삽사리가 이끄는 대로 마고선녀의 장지를 찾아 안장하였는데, 얼마 지나지 않은 어느 날 갑자기 이 청삽사리가 사라져 버렸다. 이보다 앞서 숙향은 사랑하는 낭군 이선을 보지 못하고 죽게 된 신세를 한탄하는 유서를 써 두었는데 이것이 홀연 없어졌다. 청삽사리는 이 편지를 물고 태학에서 공부하던 이선을 찾아가 전한 것이었다. 청삽사리는 이선의 답장을 받아와 숙향에게 전해 주었다.

226

숙향의 고난과 위기는 거듭된다. 이때 청삽사리가 이를 극복하는 데 큰 도움을 준다. 숙향의 집에 도적이 들려는 것을 알고 가재도구를 땅에 묻게 하고 옷가지를 싼 보따리를 목에 매고 할미가 묻힌 산소로 데려갔다. 숙향이 통곡하는 소리를 들은 이선 집의 유모 남편이 숙향을 데려가려 하였으나, 숙향은 이선의 부친이 용납하지 않을 것이라 여겨 자진하려 하였다. 이에 청삽사리가 목을 매려는 비단 수건을 물어뜯어 말렸다. 숙향은 자신이 낭군을 다시 볼 운명이라면 죽지 않겠노라 말하며, 청삽사리에게 만약 그렇다면 무덤에 갔다 와서 세 번 절하라고 하였다. 이에 청삽사리가 그렇게 하자 숙향은 그 뜻을 따른다.

『숙향전』의 한 대목이 이러하다. 사랑하는 두 사람 사이에서 편지를 전달할 뿐만 아니라, 할미의 묫자리를 정해 주고 숙향에게 닥칠 위기까지 미리 알아 대처하였다. 여기에 더하여 숙향의 미래까지 점쳐 주었다. 이렇게 대단한 것이 조선의 삽살개다.

6장   목숨 바쳐 주인을 사랑한 개

〈김두량 필 삽살개〉(金斗樑 筆 犬圖)〔부분〕, 김두량金斗樑(1696~1763), 1743,
지본담채, 35cm×45cm,
개인 소장(부산광역시 유형문화유산)

오수의 의견총

최자

　김개인金盖仁은 거령현居寧縣(남원南原) 사람이다. 개 한 마리를 길렀는데 무척 영리하였다. 하루는 김개인이 외출하는데 개도 따라갔다. 김개인이 술에 취하여 길옆에 누워서 자는데 들불이 나서 번지려 하였다. 개가 곁의 개울에서 몸을 적시고 오가면서 빙 둘러 풀을 적셔 불길을 끊다가 기운이 다 빠져 죽었다. 김개인이 깨어나서 개가 행한 짓을 보고 가련하고 감동하여, 노래를 지어 슬픔을 표하고 봉분을 만들어 장사 지낸 뒤에 지팡이를 꽂아 표시하였다.

　그 뒤 지팡이가 자라서 나무가 되었으므로, 그 땅을 오수獒樹라고 하였다. 악보樂譜 중에 「견분곡」犬墳曲이 있는데, 바로 이것이다. 뒤에 어떤 사람이 시를 지었다.

231

사람이 짐승으로 불리면 창피한 법인데
공공연히 큰 은혜를 저버리곤 한다네.
주인 위태로울 때 몸 바쳐 죽지 않으면
어찌 개와 함께 논할 수 있겠는가?

진양공晉陽公 최우崔瑀가 문객들에게 명령하여 그 전기
를 지어 세상에 알리도록 하였는데, 그 뜻은 세상에 은혜
를 입은 사람들이 보답할 줄 알게 한 것이다.

— 최자崔滋, 『보한집』補閑集 권중卷中, "金盖仁居寧縣人也, 畜一狗甚怜,
......"

• 전북 임실군 오수면은 개의 낙원이다. 의견공원이 있고 애견캠핑장도 있다. 개를 기리는 비석도 세워져 있고 석상 도 세워져 있다. 바로 주인을 살린 의로운 개가 이곳 출신이 기 때문이다. 오수의 의로운 개 이야기는 고려 후기의 문인 최자崔滋(1188~1260)의 『보한집』補閑集에 실리면서 후대에 널리 알려졌다.

김개인이 자신을 구한 개를 위해 무덤을 만들고 비석 대 신 지팡이를 꽂아 표지로 삼았는데 이 지팡이가 나무로 성 장하여 개나무 '오수'獒樹라는 이름을 얻게 되었다는 것이 다. 이 이야기가 널리 알려져 이를 소재로 한 노래까지 만들 어졌다.「견분곡」이 바로 그 노래인데, 최자는 원래의 가사 는 적지 않고 대신 누군가가 지은 한시를 소개하였다. 아마 최자의 솜씨인 듯하다. 최자는 해동공자海東孔子로 기림을 받은 최충崔冲의 후예로 쿠데타로 집권한 최충헌崔忠獻의 아 들 최우의 눈에 들어 그의 문필을 맡았다. 그래서 최우의 명 으로 이 일을 기록하면서 의로운 개를 통해 전하고자 하는 뜻을 시에 담은 듯하다. 『사기』史記에 "군주의 근심은 신하 의 치욕이고, 군주의 치욕은 신하의 죽을죄다"(主憂臣辱, 主辱 臣死)라는 말이 나온다. 창칼을 들고 집권한 최우를 위해 문 신들이 충견이 되라고 말한 것이다.

• 그런데 4세기 무렵 중국의 문인 간보干寶가 편찬한 『수신

기』搜神記에 이와 거의 같은 이야기가 보인다.

손권孫權 시절 이신순李信純은 양양襄陽 기남紀南 출신이다. 집에 개 한 마리를 키웠는데 이름이 흑룡黑龍이다. 무척 사랑하여 가거나 앉거나 늘 데리고 다녔고 음식을 먹을 때도 나누어 먹였다. 하루는 성 바깥에서 술을 마시다 대취해 집에 채 이르기 전에 풀밭에서 자고 있었다. 태수 정가鄭瑕가 나와서 사냥하다가 풀이 우거진 것을 보고 사람을 보내어 불을 놓아 태웠다. 이신순이 자는 곳으로 마침 순풍을 만난 듯 불길이 번졌다.

개가 이를 보고 주둥이로 이신순의 옷을 끌려고 했지만 이신순은 꿈쩍도 하지 않았다. 누운 곳 근처에 개울 하나가 있는데 거리가 35보 떨어져 있었다. 개는 곧바로 분주히 달려가 몸에 물을 적셨다. 그리고 재빨리 주인이 누운 곳으로 달려와 몸에 묻은 물을 주변에 뿌려 주인이 큰 사고를 당하는 것을 면하게 하였다. 하지만 개는 물을 묻혀 나르느라 힘이 빠져 그 곁에서 죽고 말았다.

이윽고 이신순이 잠에서 깨어나 살펴보니 개는 이미 죽어 있었다. 온몸의 털이 젖어 있어 무척 의아해하다가 불길이 번진 자국을 보고는 이내 통곡하였다. 태수에게 보고하니 태수가 가련히 여겨 말하였다.

"개가 은혜를 갚는 것이 사람보다 낫구나. 사람이 은혜를 모른다면 어찌 개만 같겠는가?"

바로 명하여 관을 장만하게 하고 옷을 입힌 다음 장사를 치렀다. 지금 기남에 의견묘義犬墓가 있는데 그 높이가 십여 길이다.

3세기 삼국시대 손권이 오나라의 맹주로 있던 시절, 이신순의 목숨을 구한 개 흑룡의 이야기다. 그런데 이 이야기는 줄거리뿐만 아니라 태수가 한 말도 최자가 기록한 시와 너무 흡사하다. 혹 최우를 위해 최자가 베껴 쓴 것 아니냐는 의혹이 있을 수도 있겠다.

선산의 의구총

안응창

내가 이 고을의 사또가 되어 예전 들은 이야기와 지리지를 참조하니, 상하 수천 년 동안 충효忠孝와 의열義烈을 지닌 사람이 연이어 혁혁하였다. 이는 정말 만물의 영장靈長인 사람이라야 가능할 일이다. 그런데 꿈틀대는 미물도 또한 의로움을 취하여 기이함을 드러낸 것이 있었으니 앞에는 의구義狗요 뒤에는 의우義牛가 있었다.

의우가 죽은 것은 지금으로부터 겨우 30여 년밖에 되지 않는다. 그때 조趙 사또가 돌을 세워 그 무덤을 표창하였으며 전기를 지어 그 사실을 기록하였다. 다만 의구는 그 무덤은 있지만 표지하는 것이 없으니, 어찌 풍속을 바로 세우고 의열을 드러내는 데 한 가지 결함이 아니겠는가? 내가 그 글로 전해지지 않는 것을 우려하여 고을에 오래

산 노인을 불러 그 사연을 물어보니 이렇게 대답하였다.

"관아 동쪽 영향역迎香驛의 아전이 누렁이를 한 마리 키웠는데 성질이 온순하고 무척 똑똑하며 사람의 뜻을 잘 알고 시키는 대로 명을 받들었습지요. 주인이 가나 서나 늘 따라다니며 잠시라도 곁을 떠나지 않았습니다.

하루는 이웃 마을에 나갔는데 술에 취해 돌아오다가 월파정月波亭 북쪽의 큰길에서 말에서 떨어졌습니다. 이때 들불이 숲에서 일어나 주인에게 덮치려 하니, 개가 꼬리에 강물을 적셔 끄려고 하였지요. 불이 붙은 언덕에서 낙동강까지는 거리가 수백 보쯤 떨어져 있는데 벼랑이 또 가팔랐답니다. 개가 마음과 힘을 다해 오가다가 힘이 빠져 마침내 죽고 말았습니다.

주인이 술에서 깨어난 후에 보니 개가 그 곁에 죽어 있는데 개 몸에 물기가 축축하고 그 꼬리에 불탄 흔적이 있었습니다. 괴이하여 주위를 돌아보니 불이 꺼진 곳에 흔적이 남았는데 사방의 검불이 젖어 있었지요. 이에 비로소 개가 자신을 구하고 명이 다한 것을 알았습니다. 마음으로 감동하여 추도하고 관을 갖추어 매장하였지요. 후인들이 의롭게 여기고 슬퍼하면서 그 땅을 구분방狗墳坊이라 이름하였답니다.

조그맣고 황량한 무덤이 지금도 뚜렷하게 남아 있어 길 가던 사람들이 다들 손으로 가리키며 탄식하곤 합니다.

이 어찌 시일이 오래 지났다고 하여 그 자취를 없앨 수 있 겠습니까? 이에 작은 돌을 깎아 그 무덤 앞에 세우고 '의구총'義狗塚이라 적었으니, 영원히 기억되도록 한 것입니다."

아, 하나의 순수하고 강건한 기운이 천지를 가득 채우 고 있는데, 이것이 사람에게 모여 충효와 절의가 되고 동 물에게 흩어져 의로운 개와 의로운 소가 된다. 여기서 산 천이 빼어난 존재를 길러 낸다는 말이 엉터리가 아니요, 또 왕의 교화가 쌓여서 이렇게 환하게 드러나게 된 것을 볼 수 있다. 아, 또한 기이하다. 세상에서 인면수심人面獸心 을 하고서 주인에게 짖고 도리어 물기까지 하는 자라면 마 음에 유독 부끄럽지 않겠는가? 개 주인은 역의 아전 노성 원盧聲遠이라 한다.

숭정 을사년(1665) 늦여름 선산善山 부사 순흥順興 안응 창安應昌이 삼가 짓는다.

안응창安應昌, 「의구전」義狗傳, 『속의열도』續義烈圖

• 주인을 화재에서 구하고 죽은 의로운 개는 중국뿐만 아니라 고려와 조선에도 있었다. 오수의 의견총과 함께 경상북도 선산에 있던 의구총이 가장 널리 알려졌다. 김정호金正浩가 작성한 지도인 『동여도』東輿圖에 선산을 대표하는 명소로 월파정과 의구총이 표기되어 있다. 이 지역을 대표하는 불사이군不事二君의 충신 길재吉再나 하위지河緯地의 유적 대신 의로운 개의 무덤을 넣었으니, 의구총이 얼마나 널리 알려졌는지 짐작할 수 있다.

이 의로운 개를 기록한 책이 만들어졌다. 박익령朴益齡이라는 잘 알려지지 않은 18세기 문인이 편찬한 『속의열도』續義烈圖가 바로 그 책이다. 「선산의 의구총」은 여기에 실려 있는 이야기다. 약가藥哥라는 여성의 이야기와 나란히 실려 있다. 약가는 1396년 왜구에게 붙들려 간 남편을 기다리며, 8년 동안 고기를 먹지 않고 옷도 벗지 않고 잠을 잤다. 마침내 남편이 살아서 돌아와 다시 부부가 된 아름다운 일화를 남긴 여성이다. 『속의열도』에는 4장의 판화 〈의구도〉義狗圖도 함께 실려 있고, 이어 선산 부사로 있던 안응창이 1665년에 이 일을 목도하고 지은 「의구전」義狗傳이 실려 있다.

전체적인 줄거리가 중국 이신순의 흑룡이나, 오수 김개인의 개와 다를 바가 없다. 이신순 이야기의 고을 태수가 선산의 사또 안응창으로 바뀌었을 뿐이다. "세상에서 인면수심을 하고서 주인에게 짖고 도리어 물기까지 하는 자라면 마음에 유독 부끄럽지 않겠는가?"라고 한 주제도 비슷하다. 땅은 달라도 의로운 개는 어디든 있다.

• 안응창이 의로운 개와 함께 소개한 의로운 소 의우義牛는 선산 부사 조귀상趙龜祥이 1703년에 간행한 『의열도』義烈圖에 보인다. 이 책은 선산의 의우와 열녀烈女 향랑香娘을 기렸다. 열녀 향랑보다 의우가 먼저 실려 있다는 점도 이채롭다. 다음은 1630년 조찬한趙纘韓(1572~1631)이 지은 「의우도서」義牛圖序다.

문수점文殊店은 선산 관아 동쪽에 있는데 삼면이 모두 산이다. 문수점 백성 김기년金起年이 암소 한 마리를 키웠다. 금년 여름 쟁기를 얹어 밭을 가는데 일을 마치기 전에 사나운 범이 숲에서 튀어나와 그 소를 물었다. 김기년이 당황하여 손에 쟁기를 잡고 소리치며 쫓아갔다. 범이 이에 소를 놓고 사람을 할퀴려 하였다. 김기년은 창졸간에 달리 대응할 수 없어, 양손을 들어 범이 물지 못하게 막았다. 허겁지겁 자빠지려는 순간, 소가 소리치며 뛰어올라 그 범을 무수히 들이받았다. 범의 등과 허리가 그 뿔에 받혀 피가 쏟아지고 상처가 크게 났다. 범이 마침내 기운이 빠지고 형세가 불리해지자 김기년을 놓고 달아나다가 몇 리 가지 못하여 자빠져 죽고 말았다.

김기년은 허벅지와 다리를 물렸지만 조금 지나 안정이 된 다음 절뚝거리면서 소를 끌고 돌아왔다. 그러나 이때부터 상처가 더욱 나빠져 20일이 지나서 죽게 되었다. 죽으려 할 때 집안사람을 돌아보면서 말하였다.

"범의 배 속에 들어가지 않고 지금껏 숨을 붙인 것은 누구의 힘이겠는가? 내가 죽은 후 이 소를 팔지 말라. 소가 늙어 죽더라도 그 고기를 먹지 말고, 반드시 내 무덤 곁에 장사를 지내다오."

말을 마치고 죽었다. 범이 소를 후려치기는 했지만 소는 물린 데가 없었으므로, 김기년이 병들어 눕게 된 뒤에도 밭 가는 일을 예전처럼 계속하고 먹는 것도 멀쩡하였다. 그러더니 그 주인이 죽는 날 미친 듯 울고 마구 날뛰었다. 물과 여물을 끊고 사흘 밤낮 허둥대다가 마침내 죽고 말았다.

구미시 산동면 인덕리 문수 저수지 곁에 의우총義牛塚이 비석과 함께 남아 있게 된 사연이 이러하다. 소가 주인을 구한 것이 신기하거니와 주인이 죽자 따라 죽은 것이 더욱 기이하여 '충'과 '의'를 겸했다고 할 만하다. 이 이야기는 많은 문인들이 다투어 시와 산문으로 적었다.

『의열도』에는 〈의우도〉義牛圖 여덟 장이 실려 있다. 〈의우도〉에는 김기년이 밭을 가는 장면, 범이 소를 덮치는 장면, 김기년이 범과 싸우는 장면, 소가 범을 들이받아 김기년

이 위기에서 벗어나는 장면, 범이 도망가는 장면, 범이 죽고
김기년이 병들어 누워 있을 때 소가 다시 밭을 가는 장면,
김기년이 죽는 장면, 의우총을 세운 장면이 자세히 그려져
있다.

선산에는 이렇게 의로운 사람과 의로운 동물이 많았다.

범과 싸워 주인을 구한 개

이유홍

　여섯 종의 가축 가운데 개가 가장 천하다. 똥을 먹여 키우니 지극히 더럽고, 제수로 올리지 않으니 지극히 추잡하기 때문이다. 삼척동자도 개에게 절하라 시키면 발끈하여 성을 내고, 하인도 개와 나란히 있으라고 하면 매 맞는 것보다 아프게 여긴다. 어찌 지극히 더럽게 키우고 지극히 추잡하게 쓰는 것이 이 때문이 아니겠는가?

　만력 정사년(1617) 석주石州(평안도 강계江界)에 성이 김씨인 자가 있어 사냥을 업으로 하였다. 하루는 사냥하다가 범을 만나 활을 쏘았지만 숨통을 끊지 못하였다. 범이 이에 으르렁대며 할퀴고 이빨을 드러내고 깨물어 김씨가 거의 잡아먹힐 지경이 되었다. 네 마리 사냥개가 그 뒤를 따르다가 그 주인을 구하지 못할 것 같아 고민하며 짖기만

하고 머뭇거리더니, 용기를 내어 앞으로 나아갔다. 두 마리는 범의 옆구리 뒤를 물고 두 마리는 범의 앞다리를 후려쳤다. 범이 그 주인을 물고 있다가 놓자니 도로 당할까 겁나고, 놓지 않으려니 네 마리 개가 해칠 것 같았다. 형세가 불리하고 힘이 빠지자, 범은 주인을 버리고 도망쳤고, 김씨가 이에 온전할 수 있었다.

아, 개의 직분은 낯선 사람을 보고 짖는 일을 맡아 하여, 처마 아래서 졸다가 그 주인이 아닌 자가 오면 짖는 것으로 끝이다. 그 누가 주인의 목숨까지 구하라고 임무를 맡겼겠는가? 그러나 네 마리 개는 사나운 범의 아가리에서 주인을 구할 수 있었으니 정말 기이하다. 김씨 성의 사람이 네 마리 개가 죽을 뻔한 제 목숨을 구할 수 있다는 것을 미리 알았더라면, 지극히 지저분한 음식 찌꺼기가 아니라 밥과 고기를 먹여 키웠을 것이요, 하인도 개들과 나란히 있는 것을 부끄럽게 여기지 않았을 것이며, 삼척동자도 허리를 굽혀 절하는 것을 달갑게 여겼을 것이니, 가히 '개 가운데 사람'(狗中人)이라고 부를 만하다.

임금이 신하를 대우할 때 녹봉을 주어 키우고 벼슬을 주어 영예롭게 한다. 은혜가 지극히 두텁고 은총이 지극히 깊은데도 한 번 화란이 일어나면 버리고 떠나 버리는 놈은 '사람 가운데 개'(人中狗)라 하겠다. 이러한 환란을 당했을 때, 초야의 미천한 신하가 지극히 더럽게 길러지고 지극히 추잡하게 쓰이다가 도리어 공을 세우는 일도 있다. 한나라 기신紀信이 그러하고 당나라 뇌해청雷海淸이 그러하다. 이 들은 어찌 김씨 성의 사람이 기르던 개가 아니겠는가? 내 가 이 개를 의롭게 여겨 글을 써서 기록한다.

—— 이유홍李惟弘, 「의구전」義狗傳, 『간정집』艮庭集 권3

• 조선 시대에 집에서 기르는 소, 말, 돼지, 양, 닭, 개 등 여섯 짐승을 육축六畜이라고 하였다. 육축 가운데서도 가장 천한 놈이 개다. 키울 때 정갈한 음식을 주지도 않거니와 복 날이면 다투어 잡아먹으면서도 정작 제사상에는 올리지 않는다. 더구나 개는 가장 흔한 욕설의 비유로 쓰인다. 그런데 도 개는 다른 가축과 달리 주인을 위해 목숨을 건다.

이유홍李惟弘(1566~1619)은 본관이 전주全州, 자는 대중 大中, 호는 간정艮庭, 간재艮齋, 청천聽天, 천계天戒 등 여러 가지를 사용하였다. 홍문관 수찬과 부제학, 승정원 승지 등 요 직을 지냈다. 이유홍은 당색이 소북小北이다. 광해군 때 정 인홍鄭仁弘, 이이첨李爾瞻 등의 대북파大北派가 정권을 잡고 있 었는데, 1608년 유영경柳永慶과 함께 이들에 맞섰고 이들을 탄핵하여 벼슬에서 물러나게 하였다. 그러나 몇 달 뒤 오히 려 이 때문에 자신도 탄핵받아 강계로 유배되었고, 1618년 전라도 순천으로 이배되었다가 그곳에서 생을 마쳤다.

이유홍은 강계 유배 시절 범과 싸워 주인을 구한 의리 있는 개 이야기를 듣고 「의구전」義狗傳을 지어 사냥꾼과 사 냥개의 관계를 들어 군신君臣의 의리를 따졌다. 개가 천대받 아도 주인을 위해 목숨을 바치듯이, 신하도 임금에게 대우 받지 못해도 몸을 던져 공을 세우는 예가 역사에서 드물지 않다.

이 의로운 개는 사람으로 치면 기신과 뇌해청에 해당한

다. 한漢 고조高祖 유방劉邦이 형양滎陽에서 항우項羽에게 포위당하여 위태로울 때, 장군 기신이 유방으로 가장하여 천자의 수레를 타고 항우의 진영에 가서 항복하였고 그 틈에 유방이 평복 차림을 하고 도망쳤다. 기신은 이때 불에 타서 죽었다. 『사기』에 이러한 고사가 보인다. 또 당唐 현종玄宗 때 악공 뇌해청이 임금의 파천播遷을 개탄하고 역적이 일어남을 분개하여 악기를 땅에 던지고 서쪽을 향해 통곡하다가 안녹산安祿山에게 잡혀 사지를 찢겨 죽었다는 고사가 『통감절요』通鑑節要에 보인다. 기신은 유방에게 옳은 대우를 받지 못했지만 유방을 대신하여 죽었고, 뇌해청은 일개 악공인데도 의리를 지키다가 죽임을 당했다. 이들은 사냥꾼을 위해 죽은 사냥개처럼 의로운 존재다.

이와 반대로 임금의 지극한 총애를 받고도 자신의 부귀영달을 위해 임금을 돌아보지 않는 것이 현실이다. 이유홍은 자신이 광해군으로부터 버림받아 유배지 강계에서 살고 있지만 기꺼이 광해군을 위해 목숨을 바치겠다는 뜻을 이 이야기에 은근히 담았다. 이유홍이 죽은 지 4년 뒤인 1623년 인조반정이 일어났다. 이유홍이 살았으면 광해군을 위해 목숨을 바쳤을까 궁금하기는 하다. 인조반정 이후 이유홍은 신원이 이루어지고 관작도 회복되었다. 이것이 그의 뜻과 같았는지 더욱 궁금하다.

• 이유홍은 주인을 위해 죽은 개를 의구라 하였다. 앞서
의로운 소가 주인을 구한 예를 보았거니와, 주인의 목숨을
살린 의로운 말도 있었다. 윤봉오尹鳳五(1688~1769)의 「의
마총」義馬塚은 의로운 말에 대해 노래한 장편 고시다.

길을 가다 대마평大馬坪에 당도하니
끊어진 산기슭에 무덤이 있는데,
그 앞에 비석 한 조각이 서 있어
의마총이라 적혀 있구나.
말을 멈추고 그 사연을 물으니
행인이 나에게 이렇게 말하네.

"말은 답계역踏溪驛에 딸린 역마라
대완大宛의 명마에 밀릴 것 없었다오.
주인이 꼴 먹여 준 은혜 감사하고
온순하여 멍에도 매지 않았다지요.
어느 저녁 주인이 타고 오는데
채찍 그림자에 두 귀가 쫑긋하였지요.

고개 위에서 만난 범은
사납기가 귀신과 같은데
포효하며 사람을 물려고 하였지요.

248

말이 발굽을 차고 한 번 뛰더니
머리 치켜들어 사람 물어 앉히고
꽉 잡아 다리 사이에 붙들었다오.
싸우는 소리 벼락이 치는 듯
산 귀신도 겁먹을 판이었지요.
한 번 뛰어 발길질해서 죽이니
평생의 용력을 다 소진하였지요.
몸을 돌려 주인 싣고 돌아오니
한밤에 숲의 달빛 일렁였지요."

주인이 그 덕에 살아났으니
말은 죽음으로 받든 것이라.
슬프게도 말이 병 들어 죽었는데
이러한 품성은 누가 종용하였나?
듣자니 선산의 동쪽 땅에는
의로운 개의 무덤도 있다지.

동물도 천성이 또한 그런 것,
오륜을 어그러뜨리지 않았지.
어찌하여 눈 찢어진 사람이
도리어 중대한 인륜에 어두운가.
임금에게 옷과 밥 받고 입고서

임금 팽개치고 돌아도 안 본다지.

소나무와 삼나무 무덤을 둘렀는데
겨울까지 푸른빛은 하늘의 은총이라.
개와 말을 천대하는 사람 있기에
시를 지어 너를 위해 따지노라.

　경상도 성주星州 대마평, 지금의 대장리 대매 마을에 의
마총이 있었다. 범에게 물려 갈 위기에 빠진 주인을 위해 의
로운 말은 김기년의 소처럼 싸웠다.

　영조 때 편찬된 『여지도서』輿地圖書에 답계역의 역졸 김
계백金戒白의 이야기가 있는데, 윤봉오가 이를 시로 지은 것
이다. 1748년 김계백이 말을 타고 인근 부상역扶桑驛(김천시
부상리)에 갔다가 술에 취해 밤중에 돌아오는데, 범과 마주
쳐 말에서 떨어졌다. 범이 물려고 하자 말이 머리로 주인을
눌러서 앉히고 그 몸을 다리로 감쌌다. 그런 다음 십여 리를
쫓고 쫓기며 싸우다가 대마평에 이르러 쓰러져 일어나지 못
했다. 이에 역리와 역졸들이 객점 앞에 말을 묻고 비석을 세
웠다고 한다.

　윤봉오는 이 일을 두고 임금을 배반한 인간을 나무랐다.
유세가인 괴통蒯通이 한신韓信에게 한왕漢王 유방을 배신하
라고 설득하자, 한신이 이렇게 말하였다.

"한왕이 나를 매우 후대하여 자신의 옷을 내게 입히고 자신의 음식을 내게 먹였다. 내가 듣기로 '남의 옷을 얻어 입은 자는 그 사람의 근심을 생각하고, 남의 음식을 얻어먹은 자는 그 사람의 일에 목숨을 바친다'라고 하였으니, 내가 어찌 이익 때문에 의리를 저버릴 수 있으랴."

조선 시대 문인들은 대개 의로운 짐승을 보면 의로운 인간이 드문 현실을 떠올렸다.

주인을 따라 죽은 열구

이상진

내가 선산을 지난 적이 있는데 그 땅에 의구총이라는 것이 있었다. 저 개란 놈은 사람이 기르는 가축이라, 그 직분은 짖는 일을 맡을 뿐이요, 주인을 좋아하는 것은 정말 그 본성이다. 의인과 열사의 행동처럼 은혜를 입고 대우해 준 것에 보답하도록 하는 것은 가능하지 않다. 그런데 선산의 개는 그 주인을 위해 제 몸에 물을 적셔 번져 오는 불길을 끄고 마침내 주인이 죽음에서 벗어날 수 있게 하였으니, 이는 누가 시킨 일인가?

세상에 일컫는 말로는, 선산은 산천이 신령하고 빼어나서 충신과 열부가 많고, 그 맑은 기운이 동물에게도 모여 있어 이 때문에 종종 기이하여 범상치 않은 일들이 생겨난다고 한다. 정말 그러하구나! 아, 의구총을 만들고 말뿐이겠는가? 내가 「일선의구행」一善義狗行을 짓고자 하였지만 글이 짧아 뜻을 이루지 못하였다.

나는 매번 고금의 가축 중에 이 개에 비할 만한 놈이 없다고 여겼는데, 이번에 노포蘆浦 김공金公이 지은 「의구기」義狗記를 구해 읽어 보니 더욱 행적이 환하고 기이하였다. 이 개는 권씨權氏 부인이 기르던 놈이다. 부인이 친정에 갔다가 갑자기 병이 위독해졌다. 이때 개가 허겁지겁 갑자기 찾아왔고, 숨을 거둔 날 저녁에 창을 두드리며 짖어 댔다. 발인하여 돌아갈 때 널을 따라 앞서거니 뒤서거니 하였다. 이에 권씨 남편의 일가친척들이 깜짝 놀랐다. 개가 죽을 때가 되자 마침내 부인 묘 곁 가까운 땅에서 숨을 거두었다.

이러한 일은 만물의 영장이라도 심히 어려워하는 것인데 사람이 기르는 동물이라는 놈이 이렇게 할 수 있단 말인가? 나는 이런 일을 들어 본 적이 없다. 양양襄陽의 인사들이 어찌 그 무덤을 만들어 주지 않는단 말인가? 세상에서 임금의 밥을 먹고 임금의 옷을 입는 자들이 임금을 저버리고 제 살기를 엿보아 구차하게 연명하면서도 부끄러움을 알지 못하는 것은 또한 도대체 무슨 까닭인가? 아, 이와 같은 놈은 개도 그 남긴 밥을 먹으려 하지 않을 것이다.

비록 그러하나, 사람들은 모두 개가 매우 기이하다는 것은 알지만 권씨가 곧은 마음과 맑은 행실로 평소 개를 감화시킨 결과라는 점은 알지 못한다. 대개 사람과 하늘은 서로 감응하는 것이 하나의 리理일 뿐이다. 『주역』에서 "그 신실함이 돼지와 물고기에게까지 미친다"라고 하였다. 돼지와 물고기가 곧 하늘이 내린 것이라 이 때문에 나의 신실함이 그에 미치게 된 것이다. 내가 듣기로는 권씨의 행실이 하늘에서 나와 신명을 움직였으니, 남들이 알지 못해도 하늘만은 알아주었고, 그래서 그 신실함이 동물에게 미쳐 신령하고 기이한 일이 생긴 것이라 한다. 부인은 일찍이 「백주」栢舟의 노래를 읊조려, 하루라도 자진할 마음을 잊은 적이 없었지만, 다만 큰 의로움으로 인해 자진할 수 없는 무슨 사연이 있었을 것이다. 개가 비록 키우는 동물이라 하더라도 한 가닥 광명한 하늘이 있는 모양이다. 또한 부인이 자진하겠다는 뜻에 감화받아서 그런 것인지도 모르겠다.

이 개가 죽음으로써 기이한 이야기가 퍼져 나갔고 이야기가 퍼져 나감에 따라 부인의 행실이 더욱 빛나게 되었다. 인근을 지나는 사람들은 누구나, "개가 주인 때문에 죽은 일이 기이한 데서 그치지 않는구나. 곧 그 주인도 과연 현숙한 부인이구나"라고 하였다. 사람과 하늘이 서로 감응하는 이치가 기필하지 않아도 실로 그렇게 되는 법이다. 그렇지 않다면 천하에 개들이 많은데 유독 권씨 부인 집안의 이 개만 그러할 리가 있었겠는가?

부인은 사족 김신석金申錫의 아내요, 곧 우리 병곡屛谷 선생의 딸이다. 부인의 사적은 김공이 상세히 기록하였으므로 내가 다시 드러내지 않고, 다만 감응한 이치가 이와 같음을 논할 뿐이다. 그리고 이 개의 의로움이 선산의 개에 부끄러움이 없을 뿐만 아니라, 더 나은 점이 있는데도 요즘 사람들이 옛사람과 달라 기이한 일을 표창하지 못할까 우려하여, 마침내 나란히 설을 지어 양양 사람에게 준다. 이 일이 전하지 않도록 해서야 되겠는가?

—— 이상진李象辰, 「제노포김공의구기사후」題蘆浦金公義狗記事後, 『하지유집』下枝遺集 권5

• 의롭거나 효심이 깊고 우애가 있는 등 사람의 윤리를 가진 개가 경상도에 많이 나타났음을 앞서 말한 바 있다. 이상진李象辰(1710~1772)의 글에는 주인을 따라 죽은 열구烈狗 이야기가 보인다. 「노포 김공의 의구 기사 뒤에 쓰다」(題蘆浦金公義狗記事後)라는 작품이다. 이상진은 본관이 예안禮安이고, 자는 약천若天, 호는 하지下枝 혹은 근사재近思齋다. 안동 풍산 사람인데 벼슬은 굳이 하지 않았다.

앞서 본 선산의 의로운 개를 묻은 의구총은 17세기 이래 조선에서 널리 알려졌다. 선산의 의로운 개를 대상으로 쓴 시와 산문이 무척 많은 것도 확인한 바 있다. 이상진도 이를 가지고 장편의 「일선의구행」一善義狗行을 짓고자 하였는데 뜻을 이루지 못하였다. 아마 기존의 작품보다 더 뛰어난 시를 지을 자신이 없었을 것 같다.

그러던 중 스승인 병곡 권구(1672~1749)의 장녀가 '열녀'였고 장녀가 기른 개도 '열구'라는 사실이 알려졌다. 권구는 앞서 본 「개의 우애와 감화」를 지은 영남의 명유名儒다. 3남 4녀를 낳았는데 이 글에 등장하는 권씨는 장녀다. 권씨는 김신석과 혼인하였는데 남편이 일찍 세상을 뜨자 따라 죽고자 하였다. 「백주」는 『시경』에 수록된 작품이다. 위衛나라 세자世子 공백共伯의 아내 공강共姜은 공백이 일찍 죽자 수절하였는데, 부모가 개가시키려 하자 이 시를 지어 수절을 맹세하였다. 권씨는 이런 정렬貞烈의 지조를 지녔지만 늙은 부모를 모시거나 어린 자식을 키울 일이 있었는지 차마 목숨을 끊지 못하였다. 그러던 중 친정에 다니러 갔다가 병을 얻어 세상을 떴다. 이때 권씨가 시댁에서 키우던 개도 권씨의 상을 지켜본 후 권씨의 무덤 곁에서 죽었다.

이상진은 권씨가 열녀이기 때문에 권씨가 기르던 개도 열행을 보인 것이라 하였다. 『주역』「중부괘」中孚卦에 "그 신실함이 돼지와 물고기에게까지 미친다"라는 말이 보인다. 돼지나 물고기는 무지한 동물인데, 사람의 신의가 워낙 진실하면 그 동물도 능히 감화할 수 있다는 말이다. 그런데 사실 권씨의 열행은 확인할 수 없다. 오히려 개가 열행을 보임으로써 자진하지 못한 권씨의 열행을 드러나게 한 것일 수 있으니, 개의 공이 크다.

노포라는 호를 쓴 김 아무개가 권씨의 행적을 기록으로 남겼고 그 여인을 따라 죽은 개는 「의구기」를 따로 지어 자세히 다루었다고 하지만 안타깝게도 두 글 모두 전하지 않는다. 노포 김 아무개가 누구인지도 알 수 없다. 노포는 회룡포 상류 예천의 개포면 경진리 한천이 내성천과 합류하는 곳이다. 예안을 본관으로 하는 김태일金兌一(1637~1702)의 호가 노주蘆洲이니 아마 그 후손일 것 같다. 이곳에서 권씨의 친정이 있던 안동의 병산까지가 그리 멀지 않으니 이 이야기가 헛된 것만은 아닐 것 같다. 이상진이 양양 사람을 위해 글을 짓는다고 하였는데 양양이 예천의 옛 이름이다.

• 조선 시대에는 타의와 강요에 의하여 목숨을 버려야 했던 열녀가 꽤 있었다. 더욱이 개 열행조차 사람의 힘에 강제된 사례도 있었다. 이러한 일을 두고 이하조李賀朝(1664~1700)가 시를 지었다. 이하조는 이단상李端相의 아들이요, 이희조李喜朝의 아우다. 3대 대제학을 배출한 연안 이씨延安李氏 명문가 출신이다. 자는 낙보樂甫, 호는 삼수헌三秀軒인데 크게 현달하지는 못하였다. 1700년에 형 이희조를 따라 해주海州에 가 있을 때 들은 이야기를 바탕으로 다음과 같은 긴 제목을 달고 시를 지었다.

휴암鵂巖에서 목사牧使 최영유崔永濡의 고사를 읊조린다. 대개 공은 고려 때 홍건적紅巾賊의 난을 당하여 휴암 아래 소沼에다 차고 있던 관인官印을 던지고, 손가락을 깨물어 혈서로 그 장소를 바위에 표시한 다음 물에 몸을 던져 죽었다. 공생貢生 한 사람이 공이 키우던 개 한 마리를 끌고 따라와 함께 투신하였다. 그 무덤이 모두 산 북쪽에 있다. 고을 사람들이 지금껏 제사를 지낸다. 해주海州의 읍성 안에 또 사당이 있어 아전이 그 제사를 주관한다. 백씨伯氏가 문헌원文憲院 우측에 별묘別廟를 세우고 선비를 시켜 일체 보호하면서 제사를 지내게 하였다. 소 곁에 공의 사적을 기록한 비석이 있다. 이날은 곧 2월 23일인데 실로 공이 물에 몸을 던진 날이다.

휴암의 물 푸르고 혈서는 붉은데
개 무덤과 동자 무덤 분간키 어렵구나.
천 년 충혼은 멱라수汨羅水에 오열하는데
한 해 봄빛은 개산介山에서 차디차구나.
쓸쓸한 향불은 고을 아전이 전하는데
시원한 바람 소리는 후인을 경발케 하네.
지나는 객이 지금껏 예를 표하니
낡은 비 이끼 낀 글자를 다시 읽어 보노라.

공민왕 10년(1361) 해주 목사로 있던 최영유가 수양산성
首陽山城에서 홍건적과 맞서 싸우다가 성이 함락되자 탈출하
였지만 휴암에 이르러 어찌할 수 없는 것을 알고 손가락을
깨물어 바위에다 혈서를 쓴 후 관인을 바위 밑 깊은 곳에 던
지고 투신 자결하였다. 이때 학문과 행실이 뛰어나 추천된
공생 한 사람이 그 뜻을 받들어 최영유가 키우던 개와 함께
몸을 던졌다.
　이하조는 최영유를 전국시대에 간신奸臣의 참소를 당하
여 간쟁하였지만 받아들여지지 않자 멱라수에 빠져 죽은 굴
원屈原, 그리고 춘추시대 진晉 문공文公이 산에 불을 지르면
서까지 산에서 나오게 하였지만 끝내 불에 타 죽은 개자추介
子推의 절의에 비하며 칭송하였다.
　이하조의 형 이희조가 1700년 해주 목사로 있을 때, 해

동공자로 칭송받는 최충(984~1068)을 제향하는 해주의 문헌서원文獻書院 곁에 최영유의 사당을 세우고 비석에 사연을 새겨 역사에 길이 전하게 하였다. 이 사당이 충절사忠節祠다. 홍경모洪敬謨가 여기에 기문 「충렬사기」忠節祠記를 지어 붙였다. 개략을 적으면 이러하다.

해주 사람들이 최영유의 시신을 휴암 북쪽에 장사 지내고 공생과 개를 함께 묻었다. 또 최영유가 몸을 던진 소는 투인담投印潭이라 부르고 비석을 세워 기록하였다. 향일루向日樓 북쪽에 사당을 세워 아전을 시켜 제사를 주관하게 하였다. 1700년 이희조가 제사를 아전에게 맡기는 것이 예가 아니라 하여 문헌서원 서쪽으로 사당을 옮기고 여러 선비가 주관하게 하였다. 대개 땅이 휴암에 가깝기 때문이었다. 영조 정축년(1757) 해주의 아전이 관아 서쪽에 타충지각妥忠之閣을 세웠다.

이 일화는 조선 시대에 널리 퍼졌다. 실학자 안정복安鼎福(1712~1791)은 「상헌수필」橡軒隨筆에 이 일화를 옮기고, "최 목사의 절의는 숭상할 만하거니와 공생이 따라 죽은 것은 더욱 쉽지 않은 일이다. 그리고 개의 이야기는 육씨陸氏를 따라 바다에 빠져 죽은 백한白鷳 이야기와 다름이 없으니, 누가 짐승은 지각이 없다고 말하겠는가?"라 하였다. 남송南宋의 충신 육수부陸秀夫가 패전하여 임금을 업고 바다에 빠져 죽었는데 이때 백한(깃털이 흰 꿩의 일종)이 조롱에서

260

떨어져 따라 죽은 고사가 있다.

공생이 최영유의 절의를 존경하여 함께 몸을 던진 것은 이해할 수 있지만, 최영유가 키우던 개를 함께 죽음으로 내몰아 '열구'로 만든 것은 개로서는 억울하겠다. 그나마 개가 무덤에 묻히고 그 존재가 비석에 새겨졌으니 '개죽음'만은 아니다.

또 다른 열구와 열우

유언호

사람과 동물은 함께 천지 사이에 살아가는데 기氣를 얻는 것이 올바르고 두루 통하는지, 혹은 편벽하여 막혀 있는지 차이가 있고, 리理가 또한 이 기를 따르게 된다. 이 때문에 동물은 사람처럼 순수함을 가질 수 없다. 그러나 편벽되고 막혀 있는 가운데도 절로 한 점 밝은 곳이 있어 왕왕 기이한 행적을 드러낼 때가 있다. 우리나라 선산의 의로운 소와 개가 그러하다. 내가 들으니 호남의 남원에도 의로운 개가 있다고 한다. 아, 어찌 그리 신령한가?

양응항楊應恒 공의 처 홍씨洪氏는 선비 홍재洪梓의 딸인데 남원에 그의 집이 있다. 홍씨가 개 한 마리를 키웠는데 허리가 길고 다리가 짧으며 두 귀는 쫑긋 서 있다. 고기를 던져 주어도 덥석 물지 않으니 대개 다른 개들과는 달랐다.

262

홍씨가 시집오고 이듬해에 친정에서 그 개를 보냈는데 이 때 마침 깜깜했다. 여러 아낙네들이 막 마루에서 환담을 나누고 있었는데 개는 홍씨의 목소리를 금방 알아듣고 풀 쩍 뛰어 앞으로 나왔다. 그리고 이날부터 그 침소 바깥에 서 자면서 떠나지 않았다.

하루는 양공이 멀리 출타하고 두 어린 아우가 집을 지 켰다. 두 아이가 깊은 밤에 책을 읽고 있는데 홰의 닭이 갑 자기 푸드덕 날개를 치고 놀라 소리를 질러 댔다. 급히 문 을 열고 보니 개가 바로 암탉을 낚아채 느릿느릿 가고 있 었다. 두 아이가 마침내 발로 차서 닭을 빼앗았지만 개가 그리한 연유는 알지 못하였다. 이윽고 여종이 홍씨의 묵 은 병이 재발하여 위중하다고 알려 왔다. 무슨 약을 써야 낫는지 물어보니 암탉의 진액을 내서 먹으면 위기를 넘길 수 있다고 하였다. 이에 두 아이가 비로소 깜짝 놀라고 신 기하게 여겼다. 곧바로 개가 낚아챘던 놈을 고아 먹였더니 홍씨의 병이 다시 회복되었다.

몇 년 뒤 홍씨가 죽자, 개는 밥을 먹지 않고 슬피 울었 다. 염을 하고 관에 넣으려 할 때 개는 문지방에 턱을 괴고 잠잠히 시작부터 끝까지 살펴보았다. 장사를 치르고 나자, 머리를 찧고 짖기를 밤낮 없이 그치지 않았다. 그리고 한 참 뒤 기진맥진하여 죽어 버렸다. 아, 얼마나 신령한가?

듣자니 홍씨는 지극히 뛰어난 행실이 있었다. 처음 시

263

집가서 제사를 지내려 할 때, 그 시가에 막 새끼를 키우는 개가 있어 홍씨는 개를 데리고 이웃으로 피해 가서 젖을 먹이게 하였다. 이에 마을에서 다들 기이하게 여겼다고 한다. 이 개가 주인을 위해 따라 죽은 일도 또한 평소 주인의 맑은 덕에 감화받아 그러한 것이 아니겠는가?

그러니 이 개가 하늘에서 이러한 천성을 부여받아 일단의 영명靈明한 기를 따로 가지고 있지 않았다면 또한 어찌 이렇게 할 수 있었겠는가? 여기에서 천성의 선함은 사람이나 동물이나 본원이 한가지임을 볼 수 있다. 동물은 오상五常과 무관하다고 말한다면 내가 이를 믿지 못하겠다.

지금 부솔副率 양응수楊應秀가 두 아이 중 한 명이다. 성장하여 대유大儒가 되었고 언행言行이 남들에게 믿음을 받았다. 이에 당시에 목격한 바를 가지고서 나에게 부탁하여 기문을 짓게 한 것이다.

아, 사람이 선하게 행동하는 것은 당연한 일일 뿐인데도 이를 떠벌리느라 시간이 부족하다. 하물며 사람이 하지 못하는 바를 동물이 한 것은 어떠하겠는가? 이는 마땅히 표창하여 후세에 전해야 할 것이다. 예전에 공자가 황조黃鳥의 시를 읽고 "사람으로 새만도 못해서야 되겠는가?"라고 탄식하였다. 사람은 동물보다 뛰어난 존재니, 그것은 사람 된 도리를 하기 때문이다. 사람이 모두 사람 된 도리를 하지 않는다면 곧 짐승만도 못 한 것이다. 이 「의구전」

을 읽는 사람은 어찌 격려되는 바를 모를 수 있겠는가? 이
일은 매우 기이하여 인멸되게 할 수 없다.

— 　　　　　유언호俞彦鎬, 「의구전」義狗傳, 『연석』燕石 권13

• 주인이 뛰어난 행실이 있어 기르던 개도 기이한 행적을 보였다는 기록은 그리 드물지 않다. 호남에도 그러한 개가 있었다. 남원 출신 양응항의 처 홍씨의 개가 그러하였다. 18세기의 문장가 유언호俞彦鎬(1730~1796)가 이를 기리는 글 「의구전」義狗傳을 남겼다. 유언호는 자가 사경士京이고 호는 칙지헌則止軒이다. 벼슬은 좌의정에 이르렀다. 본관이 기계杞溪인데 18세기에 큰 학자를 많이 배출한 집안이다. 유언호의 형 유언집俞彦鏶은 양응항의 아우 양응수楊應秀(1700~1767)와 절친한 벗이었다. 그래서 유언호가 양응수의 부탁으로 의로운 개의 전기를 남겼다.

홍씨는 본관이 남양南陽이고 홍재라는 평범한 시골 선비의 딸이었다. 양응수가 형수인 홍씨의 행장과 제문을 지었는데, 이를 보면 1719년 남편 양응항의 병에 감염되어 31세에 죽었고 아들이 있었지만 어릴 때 죽어 후사를 남기지 못한 불행한 여인이었다. 양응수는 홍씨가 살림을 도맡아 한 일을 칭송한 후, 홍씨가 기르던 개 이야기를 덧붙였는데 유언호의 글에 보이는 내용과 다르지 않다.

유언호는 사람과 동물의 차이는 기氣가 올바르고 두루 통하는가, 아니면 편벽하여 막혀 있는가에 달려 있지만, 동물 중에도 종종 기가 사람처럼 온전할 때가 있어 의로운 소나 개가 나타나는데, 앞서 본 선산의 의로운 소, 선산과 남원의 의로운 개가 그러한 예라 하였다.

양응항의 아내 홍씨가 친정에서 기르던 개가 홍씨가 혼인하고 이듬해에 그 시댁으로 오게 되었는데, 칠흑 같은 밤인데도 방 안에 있던 홍씨의 목소리를 알아듣고 그날부터 홍씨의 침소를 지켰다. 후에 홍씨가 숙환이 재발하여 위중하였는데, 이 개가 닭이 효험이 있는 줄 어떻게 알았는지 암탉을 물어 갔다. 믿기 어렵다. 게다가 홍씨가 죽은 후 상주처럼 땅을 치며 곡을 하고 기진맥진하여 죽었다고 하니, 참으로 주인을 사랑한 개라 하겠다.

앞의 글에서 권씨 부인이 뚜렷한 열행이 있는 것은 아니었지만 개 덕분에 열녀가 되었다. 이 글의 홍씨 역시 주인을 따라 죽은 개로 인해 부인의 맑은 덕이 부각될 수 있었다. 사실 홍씨의 덕이라고 한 것은 시댁에서 제사를 지낼 때 부정이 탈까 하여 막 새끼를 낳은 개를 이웃집에 데려가서 젖을 먹게 하였다는 세심한 마음뿐이었다. 여기에 더하여 친정에서 데려간 개의 열행 덕에 홍씨의 이름이 후세에까지 전해지게 되었다.

• 앞서 선산의 의로운 소가 호랑이와 싸워 주인을 구한 이야기를 본 바 있다. 그런데 『속의열도』에는 선산의 의로운 소가 한 마리 더 소개되어 있는데 홍씨의 개처럼 주인이 죽자 따라 죽었다.

봉곡리蓬谷里에 사는 노파가 송아지를 길러 밭을 갈았는

데, 노파가 죽자 소가 밤낮으로 슬피 울었다. 소가 개령開寧
(김천시 개령면)에 팔려 갔는데, 노파의 장사를 치르던 날 외
양간을 넘어 30리를 돌진하여 장지로 찾아와 절규하고 비
틀거리며 물과 여물도 먹지 않더니 얼마 지나지 않아 죽어
버렸다. 이에 마을 사람들이 관아에 보고한 후 매장하였다.
선산 문수점의 김기년이 기른 의로운 소 일화로부터 백여
년 지난 영조 때의 일이라 한다. 『일선지』一善誌(규장각 소장
본)에는 이 일이 다음과 같이 소개되어 있다.

의우총義牛塚은 관아 남쪽 봉곡리에 있다. 마을 사람 진숙발
陳淑發이 키우던 소 한 마리가 새끼를 낳다가 죽었다. 숙발
의 아내가 그 어린 송아지가 젖을 먹지 못하게 된 것을 불쌍
히 여겨 흰죽을 끓여 손바닥에 묻혀서 먹였다. 송아지가 살
아나 잘 자라 튼튼한 소가 되었다. 이에 13년 동안 밭갈이
를 하였다. 여인이 죽은 후 개령 사람에게 소를 팔았다. 여
인의 장례를 치르는 날, 소가 외양간을 훌쩍 뛰어넘어 30리
를 치달려 와서 장지에서 슬피 울며 비틀거리더니 얼마 있
지 않아 죽어 버렸다. 사람들이 그 일을 기이하게 여기고
여인의 무덤 상석 아래 소를 묻고 이를 의우총이라 하였다.
병인년(1866) 김병우金炳愚가 비를 세워 표창하였다.

봉곡리 진숙발의 처는 기르던 소가 송아지를 낳다가 죽

자, 흰죽을 손에 묻혀 송아지에게 먹여 죽지 않게 하였다. 건강하게 자란 소는 그 은혜를 갚기 위해 13년간 밭을 갈다가 여주인이 죽고 김천으로 팔려 갔지만, 선산까지 먼 길을 달려 주인의 산소에 와서 죽었다. 이에 이 소를 기려 의우총을 만들어 주고 1866년에 부사 김병우가 비를 세웠다는 내용이다. '열구'만 있는 것이 아니라 '열우'도 있었다.

목을 매어 주인을 따른 개

김약련

    우리 영주군의 갈산촌葛山村에 송생宋生이라는 이가 있는
데 내 벗의 아들이다. 같은 고을 김씨의 딸을 아내로 맞았
다. 김씨가 혼례를 치르기 전에 개 한 마리를 길렀는데 시
집갈 때 이 개가 따라갔다. 김씨가 친정 나들이를 할 때마
다 개도 쫓아갔다가 여정의 반쯤에서 돌아왔다. 김씨가 친
정에서 돌아오면 반드시 여정의 반 지점으로 가서 맞았다.
    평소 주인에게 충심을 바쳤기에 기이한 일이 많았다.
김씨가 병이 들었을 때 개가 문밖에서 떠나지 않고 사람의
기색을 살피는 것처럼 하였다. 병이 위독해지면 개가 여러
날 밥을 먹지 않았다. 주인의 숨이 끊어지고 속광屬纊을 할
때, 사람을 따라 매우 슬피 곡하였다. 염을 하고 나자, 개가
갑자기 보이지 않아 집안사람이 찾아 나섰다. 개가 마루

아래 담장에 제 목을 겨우 넣을 크기의 구멍을 내고 그 안에 목을 끼워 매달려 죽었다. 기이하고도 충성스럽다. 사람 가운데서도 남의 녹봉을 받아먹고 충심으로 보답하지 않는 자가 있으니, 어째서 그러한 것인가?

예전에 의로운 개가 있어 선산에서 나왔는데 그 주인을 위해 불길에서 죽었다. 내가 낙동강을 지날 때 강가에 의구총義狗塚이 있었다. 근자에 기목군基木郡(영주)에 여자가 기르는 개가 있었는데 여자가 계모에게 받아들여지지 못하여 그 고모에게 가서 의탁하려 하였으나 잘못해서 눈구덩이에 빠져 죽고 말았다. 그 땅이 깊은 산속에 있고 산에는 맹수가 많았다. 그런데도 개가 그 시신을 지키면서 밤새 떠나지 않았다. 다음 날 아침 까마귀 떼가 시신을 보고 몰려들자, 개가 분주하게 달리면서 내쫓았다. 개가 동쪽에서 쫓으면 까마귀가 서쪽에 모이고 서쪽에서 쫓으면 동쪽으로 몰려들었지만, 개가 힘을 다하여 접근을 막고 보호하였다. 아침부터 저녁까지 까마귀 떼가 끝내 그 시신을 쪼을 수가 없었고 시신은 훼손되지 않아 염을 할 수 있었다.

또 내가 어릴 때의 일이다. 늙은 여종이 개를 길렀는데, 여종이 죽고 장사를 치를 때 개가 대낮에는 그 무덤을 지키고 밤이면 집으로 돌아왔다. 오래 지나도록 이런 일을 그만두지 않았다.

개는 능히 그 주인을 알아본다. 예로부터 견마犬馬의 충

성이라는 말이 있고 그 주인이 살아 있어 주인을 알아보
는 일은 기이할 것이 없지만, 물과 불을 꺼리지 않고 어려
움에 처한 주인을 구하기도 하고, 범과 이리를 피하지 않고
주인의 시신을 보호하기도 하며, 주인이 죽어 장사를 치르
고 나서도 그 은혜를 잊지 못해 무덤을 지켜 보답하기도 한
다. 심지어 스스로 목을 매어 그 주인을 따라 죽기까지 한
다. 이와 같은 부류의 개는 개 가운데 뛰어난 예라 하겠다.

　이런 이야기가 전해지지 않고 사라지는 것은 의로움이
아닌지라, 마침내 「충구전」忠狗傳을 짓는다. 선산의 개는 옛
날 일이라 반드시 이미 전하는 글이 있을 것이다.

──　　김약련金若鍊, 「충구전」忠狗傳, 『두암집』斗庵集 권5

• 김약련은 의로운 개를 칭송하는 「의구전」을 지었고 또 충심을 다한 개를 칭송하는 「충구전」도 지었다. 이 충구 이야기는 영주시 장산면 갈산리에서 일어난 일이다. 이 개는 병든 주인을 위해 밥을 먹지 않고 주인이 죽자 스스로 목을 매어 따라 죽었다. 마치 남편을 따라 죽은 열녀와 다름이 없다. 김약련은 여기에 더하여 여주인의 시신을 지킨 개의 이야기와 주인의 무덤을 지킨 개의 이야기도 보태었다. 개의 주인 사랑이 섬뜩할 정도다. 은혜를 갚지 못하는 인간, 효심을 다하지 않는 인간에 대한 질타의 목소리도 이 글에서 들을 수 있다.

그런데 성性에 문란한 이를 개망나니라고 부르는 것을 보면, 개의 열행이 아주 드문 일인 듯하다. 짝을 위해 열행을 보이는 동물은 유독 닭이 많다. 김약련은 닭의 열행을 기록한 「열계전」烈鷄傳을 지은 바 있다. 암탉이 죽은 수탉을 위해 제 새끼와 함께 복수를 한다는 희한한 이야기다. 계간鷄姦이라는 말이 무색하다.

문소聞韶(의성의 별칭) 사람이 닭을 키웠다. 암탉 세 마리가 수탉 한 마리를 따랐는데 이 수탉이 이웃집 닭과 싸우다 죽어 버렸다. 암탉 두 마리는 이웃집 수탉을 따랐지만, 한 마리는 이웃 수탉을 보면 꼭 피하곤 하였다. 이보다 앞서 암탉이 알 열 개를 낳았고 수탉이 죽고 나서 다시 알 둘을 더 낳

273

아, 이를 모두 품었다. 기일이 되어 알 열두 개가 모두 병아리가 되었다. 이때가 주상 3년(1779, 정조 3) 춘정월이었다.

암탉이 그 병아리를 무척 근실하게 먹였다. 부엌이나 변소에서 먹이를 구하는데, 변소에는 파리 같은 벌레가 나오고 부엌에는 남겨진 곡식 낱알이 있었다. 두 달이 되지 않아 병아리가 커서 혼자 먹이를 먹을 수 있는데도, 암탉은 병아리와 늘 붙어 있고 알도 더 낳지 않았다. 주인이 병아리 한 마리를 시장에 내다 팔아 소금을 사서 장을 담갔다. 그런데 소금이 적어 장맛이 싱거웠기에, 주인이 병아리 두 마리를 다시 팔아 소금을 더 구하려 하였다. 이때 장독이 갑자기 저절로 깨졌다. 암탉이 그 병아리들을 데리고 다니며 먹이를 먹였다.

다섯 달 후 병아리들이 커서 함께 모여 진을 칠 만큼 되었다. 어느 날 저녁, 암탉이 그 병아리들과 함께 지붕에 올라가서 이웃집 홰를 바라보다가 훌쩍 날아서 그곳으로 갔다. 병아리 열한 마리도 모두 바로 좇아 날아가 이웃집 홰에 올랐다. 암탉이 이웃 수탉의 목을 물어 쓰러뜨리고 열한 마리 병아리가 다투어 쪼았다. 이웃 수탉이 홰 아래로 떨어졌다. 싸우다가 문 바깥으로 나가자, 이웃집 주인이 더 못 싸우게 말렸다. 곁에 사람이 있어 "암탉이 수탉과 싸우는 것은 범상한 일이 아니라오. 그냥 두고 봅시다"라고 말하였다. 이윽고 이웃집 수탉이 죽었다. 암탉은 제 집으로 돌아가다가 제 집 문에 이르러 죽었다. 열한 마리의 병아리가 그 어미가 죽은 것을 보고 모두 다투어 문에 몸을 부딪쳐 죽었다.

아, 기이하구나. 닭은 떼 지어 살며 배필이 없다. 수컷 중에 힘이 있는 놈에게는 암컷이 바로 따라가고, 수컷이 죽으면 바로 다른 수컷을 따라가는 법이다. 지금 이 암탉은 그 수컷을 위해 복수하고 열한 마리의 병아리는 제 어미를 좇아 아비의 복수를 하였으며, 어미가 죽자 그 어미를 따라 죽었다. 짐승이 말을 할 수 있어 그 새끼를 가르친 것이 아닌데도, 그 새끼가 어미의 뜻을 알았고 또 어미의 열행을 배울 수 있었다. 이 어찌 그 어미의 열행이 새끼들을 감화하여 저절로 이렇게 된 것이 아니겠는가?

아, 슬프다. 사람이 그 뜻을 알지 못하여, 병아리 한 마리를 그 복수하는 대열에 끼지 못하고 죽게 만들었구나. 닭이 태어날 때 천지의 곧고 매운 기운이 모였기에 몸은 짐승이지만 사람이 하기 어려운 일을 하였을 것이다. 이 기운이 사람에게 모이게 만들어 열세 모자를 태어나게 한다면, 하나하나 열부와 효자, 충신, 의사가 될 수 있을 것이다. 아, 사람에게 기운이 모이지 않고 닭에게 기운이 모였구나. 이 이야기를 들은 사람은 마음에 경각심을 갖고, "닭이란 짐승도 이렇게 할 수 있는데 사람으로서 짐승만 같지 못해서야 되겠는가?" 이렇게 생각하고 반드시 스스로 반성하고 힘쓰게 될 것이다.

의성 사람이 이 일을 관아에 보고하여 그 마을을 표창하여 열계촌烈鷄村이라 불렀다 한다. 내가 이 이야기를 듣고 탄식하며 전을 짓는다.

암탉이 제 짝을 죽인 이웃집 수탉을 죽이고 자신도 힘이 다하여 죽었다. 열한 마리의 병아리도 죽기를 각오하고 싸웠고 어미 닭이 죽자 따라 죽었다. 대단한 열부요, 효자라 하겠다. 이 때문에 이 마을이 열계촌으로 불렸다. 지금은 의성에 이 이름의 마을이 확인되지 않으니, 닭보다 못한 사람이 그 이름을 부르는 것이 부끄러워 없어진 것이 아닌지.

• 김약련의 이웃에는 이상한 닭이 또 있었다. 이 닭은 제 새끼를 먹이려고 세 어미와 먹이를 놓고 다투었다. 김약련은 닭의 일을 통해 제 자식만 아낄 줄 알고 자신을 낳아 준 부모를 봉양할 줄 모르는 세태를 탄식하였다. 「인계설」人鷄說이라는 글이다.

이웃집에서 닭을 키웠는데 닭이 제 새끼를 사랑하여, 혹 그 어미와 함께 먹이를 다투면서 제 새끼를 먹이기까지 하는 놈이었다. 이듬해 그 새끼가 다 자라 다시 새끼를 낳았는데, 또 제 새끼를 아끼는 것이 그 어미가 자신을 아낀 것과 같았다. 하루는 그 어미가 부뚜막에서 떨어진 밥알을 주워

276

먹으려 하는데, 그 새끼가 와서 밥알을 두고 싸워 제가 낳은 놈을 먹으려 하였다. 마치 그 전해에 그 어미가 제 새끼를 위해 그의 어미와 싸운 것과 똑같았다. 내가 우연히 이를 보고 탄식하였다.

"아, 작년에 그 어미가 그놈을 먹일 때, 올해 그 어미가 그 할미에게 한 것처럼 그 새끼가 똑같이 어미와 싸울 줄 알았겠는가? 명색이 사람인 자들도 또한 이처럼 제대로 부모를 봉양하지 못하는 자는 열이면 열이지만 제 새끼를 아낄 줄 모르는 자는 백에 하나라도 있겠는가? 부모의 은혜에 보답하지 않는 자가 백에 백이로되, 자식에게 보답을 바라지 않는 자가 천에 하나라도 있는가? 이와 같은 놈은 지난해의 어미 닭과 같다. 그 어미와 싸워 제 새끼를 먹이려 할 때는 그 새끼가 다시 그 어미와 싸워 제 새끼를 먹이려 할 것임을 알지 못한다. 아, 사람으로서 닭과 같으면 되겠는가? 그렇다면 사람이라 불러야 할까, 아니면 닭이라 불러야 할까? 사람이라 부를 수가 없다면 '인계'人鷄라 해야 옳을 것이다."

• 앞서 공자가 "사람이 새만 못해서야 되겠는가?"라 한 말을 보았다. 그래서 '인계'人鷄라는 말을 만들어 내었다. 인계는 겉은 사람이지만 속은 닭이라는 말이다. 물론 앞서 본 '열계'가 들으면 섭섭하겠다. 제 배필의 복수를 하고 제 어

미를 따라 죽은 '열계'와 '효계'孝鷄 외에 '개계'介鷄라는 닭
도 있었다. 조경趙璥(1727~1787)의 집에 있던 닭 이야기다.

집에 '개계'라 부르는 암탉이 있는데 대개 기이함을 표시한
것이다. 닭이 처음 왔을 때, 먼저 닭장에 있던 대장 닭이 눈
을 부라리고 시샘하는 듯했다. 이에 닭이 그 홰를 양보하고
내려와 말뚝에 앉았다. 수컷이 유혹해도 그쪽으로 가지 않
고 하인이 내쫓아도 그곳을 나가지 않고서 말뚝을 수절하
듯이 지켰다.
하인이 그 닭이 혼자 있는 것을 불쌍히 여기고, 도망갈까
우려하여 저녁이면 반드시 잡아다가 홰에 집어넣었지만,
그 닭은 바로 달아나 말뚝으로 돌아갔고, 캄캄한 밤이라고
하더라도 기필코 돌아가고야 말았다. 몇 달 지난 후 홰에
집어넣으려 한 것이 백여 번이라, 하인이 지치고 화나서 그
만두었다. "네놈이 달아나든 말든 그만이다"라 하고 다시
더 집어넣지 않았다. 그래도 끝내 달아나지 않았고, 마치
혼자 있는 것을 편안히 여기는 것 같았다.
한참 뒤 먼저 홰에 있던 주인 닭이 알을 품으려 둥지로 들
어가고 이에 홰가 비게 되었다. 수컷이 오라고 부지런히 꾀
어도 이 암탉은 끝내 그 뜻을 바꾸지 않았다. 보는 이들이
기이하게 여겼다.
하서자荷棲子는 말한다.

내가 유룡씨猶龍氏(노자老子)의 책을 읽었는데 '수자'守雌라고 한 것이 어찌 헛말이었겠는가? 아, 굳세구나, 닭이여. 대장 닭이 시샘할 때, 소리치고 내쫓는 욕을 보인 것도 아니지만 이 닭은 그저 기색만 살피고 그리했을 뿐이다. 『주역』에 "군자는 조짐을 보고 떠나, 하루가 다 지나기를 기다리지 않는다"라고 하였고 이에 돌처럼 굳은 '개석'介石의 상象을 둔 것이다. 개석은 그 뜻을 굳게 가지는 것을 이른다. 대개 여인이 궁중에 들어가 시샘을 받고 선비가 조정에 용납되지 못하면 이 닭처럼 결연히 떠날 수 있는가? 혹 원수를 참고 거짓 웃음을 지으면서, 구차하게 뇌동하는 것을 기쁨으로 삼다가 마침내 낭패를 보게 되는 자는 그 뜻이 굳지 못한 데서 비롯한다.

저 닭은 미물일 뿐이지만 조짐을 아는 것이 '지'智와 비슷하고, 외로움을 지켜 내는 것이 '정'貞과 비슷하며, 달아나지 않는 것은 '의'義와 비슷하다. 또 능히 항심恒心을 고집하여 마음을 바꾸지 않고 하나의 뜻을 온전하게 하니, 하나라는 것이 도道이다. 이것이 굳셈(介)의 지극함이므로, 그래서 '개계'라 한 것이다. 또 내가 들으니, 꿩은 성질이 개결介潔하여 고대에 꿩을 폐백으로 사용하였다고 한다. 동물 중에 정말 굳셈을 지닌 놈이다. 이제 사람에게 "네가 저 닭을 배워라"라고 하면, 듣는 자가 반드시 화를 낼 것이다. 그러나 그 행실을 살펴보면 닭에 훨씬 미치지 못한다. 공자가 "사람이 새만도 못하면 되겠는가?"라 하였는데 나도 닭을 보면 또한 그러한 마음이 든다.

조경은 본관이 풍양豐壤, 자는 경서景瑞, 호는 하서荷棲다. 당시 문장으로 이름을 떨친 이천보李天輔의 사위로, 옥당록玉堂錄에 이름을 올린 촉망받는 인재였고 한성 판윤, 규장각 제학, 호조판서 등을 지냈다. 그러나 당쟁 등 여러 사건에 연루되어 벼슬길이 순탄치 않았고 그 때문에 강개한 뜻을 담은 글이 많다.

지조 있는 닭을 다룬 이 글도 뼈가 있다. 바위처럼 굳센 닭 '개계'는 지조 있는 선비를 비유한 것이다. 『노자』에 "수컷의 강함을 알면서도 암컷의 연약함을 지킬 수 있으면 모든 시내가 모여드는 천하의 계곡이 되고, 분명하게 알면서도 모르는 것처럼 자신을 지키면 천하의 법도가 된다"라고 하였다.

그렇다고 해서 조경이 암컷처럼 수컷의 눈치를 보는 '자복'雌伏의 뜻을 미화한 것은 아니다. 선비가 조정에 용납되지 못하면 결연히 떠나야 하는데 그렇게 하지 못한 자신을 돌아본 것이라 하겠다. 사람이 못하는 행동을 동물이 하는 것을 보고 선비들이 고민한 것은 이러한 문제다.